BEBINA LOS NA OS

ISSA ROBERTS

2020
TalNet Independent Publishers
Harare Zimbabwe

Copyright: ©Issa Roberts 2020

All rights reserved. No part of this book may be reproduced, stored in a retrieval system, or transmitted in any form or by any means, electronic, photocopying, mechanical or otherwise, without permission of the publisher. Applications for such permission, with a statement of the purpose and extent of the reproduction, should be addressed to the Publisher.

ISBN: 978-1-77925-0063

Published by: TalNet Independent Publishers
Printed by: TalNet Printers

FOREWORD

Bebina Lɔs Na Os is one of the contemporary literary pieces which bring to the fore, experiences and challenges of youth in the face of poverty and adversity. Bebina the protagonist was very much desirous of leaving her home to seek solace somewhere (preferably in the big town where she finally went). She thought that life in the city would be very rosy and rewarding but was shocked at the challenges she had to go through:

Her best friend Julisa was so much passionate about searching for her lost friend and her relief came when she finally saw her in the makeshift house in the deplorable area in the city. The story is full of tension, suspense and emotion which leave the reader to ponder over why the protagonist did that.

Mr Roberts has used his mastery in putting his ideas together in order to produce this great piece of literature which highlights several themes including love and contentment.

It has been a real pleasure reading Mr Issa Roberts' Bebina Lɔs Na Os.

Prince E.A.J. Kenny
Head of Language Studies Department
Fourah Bay College
University of Sierra Leone

CHAPTA 1
TU PADI DƐM

Bebina na bin mi tayt padi. Bɔt lɛk ɛni ɔda padi dɛm, wit tu nɔ kɔmɔt di sem os, ɔ om; ɔldo di tu om bin gɛt wan ɔ tu kɔmɔn tin. Wi tu pɛrɛnt-patikyula di mami dɛm – bin tan lɛk tu bɛlɛ bɔn twin. Aw mi yon bin strikt ɛn stan, na so Bebina yon sɛf bin tan. Di sɔri pat na dat dɛn tu bin dɔn lɔs dɛn man dɛm na di rebul wa, "mek Gɔd gi dɛm gud rod!"

Bɔt wan tin we fɔ no na dat, wa nɔba bring jɔy ɔ jɛntri, nɔ fɔ tɔk bɔt divɛlɔpmɛnt. Bifo dat napo nɔmɔ i kin inkris. As di tu uman dɛn bin dɔn lɔs dɛn ɔsban dɛm, dɛn nɔ kam no wetin na kɔnfɔt egen. Layf kam bita lɛk bitas fɔ dɛm lɛk dɛn nɔ wan de mek ɛfɔt. I bin fɔ bɛtɛ smɔl if dɛn bin lan buk, ɔ wok. Bɔt aw ɛva dɔg ledɔm i mɔs wam faya, i lɛk i de stren. Di ɔltanetiv fɔ dɛm na fɔ sɛl fanamakit. Na dɛn fɔs de lɛf os na mɔnin, na dɛn las de kam de na nɛt; sabat ɛn juma nɔ kɔmɔt. ɛn plɛnti tɛm na nɛt dɛn kin ɔlwes kuk di wangren mil fɔ di de. Tru se tɔk mi, ad taym ɛn adship nɔ de fevɔ byuti. We dɛn se sup swit, na mɔni kil am.

Di fɔs tɛm we mi ɛn Bebina mit na bin Sobawan makit na Zogoda tɔŋ. Frɔm da de nain wi mek padi. A bin gɛt plɛnti padi, bɔt we wit tu ɛn Bebina mit na bin lɛk stil magnɛt ɛn ayen – wi kam tɔn rɔtima ɛn bɛnch, mɔ we wi kam de na di sem skul ɛn klas. Ɔlman bin de kɔl wi 'Tatu ɛn Yawa'.

Sɛf, di distans bitwin wi nɔ bin rich kwata mayl. In bin tap nia Sobawan makit na nɔmba wan kɔl strit wit in mama ɛn stɛp dadi, wayl mi bin tap bay di wangren dispɛnsri na di sem tɔŋ wit mi yon mama ɛn smɔl brɔda, Solo.

Bebina bin ol nayntin; yala, tɔl ɛn slim. I gɛt smɔl fes, bɔl yay, boo-jɔ, opin tit, ɛn kɔt nɛk wit pɔynt nos. In (h)iya lɛk dɛn malata. Di ɔnli tin i bin lɛk fɔ bab ɔl tem, so sɔm pipul yus fɔ kɔl am bɔbɔ-ed.

We wi de skul, Bebina na bin wan pan di brayt titi dɛm na klas. In bɛst sɔbjɛkt na bin Matamatiks, Sayɛns ɛn Arabik sins na muslim om i kɔmɔt.

Aw i bin lɛk fɔ rid ɛn sing, na so i bin lɛk fɔ dans; preya yon nɔ fɔ tɔk. Bɔt wetin i (h)et na pɔsin we kongosa ɛn fɛn plaba. Di bad say pan am na dat i pin ɛn trangayes, mɔ we i si se pɔsin wan siz, ɔ tek advantej pan am. Nɔmɔ, we badat kin kam pan am kwik i kip malis.

We wi de skul, ɔl di tem wi bin de tɔk bɔt wetin wi go wan(t) bi, ɛn wetin wi go wan(t) du we wi lɛf skul bambay. Dis na di tɛm we wi tu dadi dɛm bin de alayv.

"Wi go wan(t) gɛt gud gud wok frɔm usay wi go mek mɔni ɛn sev, ɛn wi go travul difrɛn difrɛn say..." na bin lɛk di Lɔd's preya na wi mɔt. As yu no, wɔd na mɔt nɔto lod na ed. Sem we so, dɛn Krio se, "man propoz Gɔd dispoz."

We di wa dɔn, Bebina nɔ bin ebul kɔntinyu fɔ de na in mama in os we in let dadi day lɛf.

Di Baybul se, "kan tu wɔk togɛda, ɛksɛpt de bi agri" Emɔs 3:3 (Da min se na we tu pipul gri nain dɛn de waka, ɔ de togɛda). Bebina ɛn in mama na bin lɛk arata ɛn pus. Na so i bin de kɔmplen se in mama ɛn stɛp dadi sɛf na lɛk dɔg ɛn lɛpɛt. Wɛl, dat na wan bad pɔyzin fɔ ɛni kayn rileshɔnship. Wi pipul kin ɔlwez se, "plaba nɔ de bɔn fayn pikin" sem we so, "if os nɔ sɛl yu, trit nɔ go bay yu." Pantap dat, we tu ɛlifant fɛt, na di gras de sɔfa. Bebina kam tɔn di blak ship na in let dadi in os. Aw in stɛp dadi bin de blem am fɔ bi di kɛr-go-briŋ-kam, na so in yon mama sɛ-sɛf bin de put ɔl kayn kata na in ed; se, in wan(t) tɔn talabi na in ed, bikɔs i nɔ wan(t) rɛspɛkt am. Da min se, di kichin bin dɔn tu ɔt fɔ di po gayl, Bebina.

As fɔ mi, mi ɛn mi yon mama sɛf bin de gɛt am ɔt, as i bin de pul wam at de ala ala pan mi ɛn mi smɔl brɔda. Bɔt wi bin ebul bia, ɔl wi at, ɛn swɛla ɔltin fɔ gi chans to pis. Patikyula mi, a nɔ bin maynd, ɛn nɔ tek natin mek ɛnitin. A jɛs biliv se, ɛnitin we bigin gɛt ɛndiŋ na dis wɔl. Na lɛk we dɛn se, ''nɛt lɔng te te, do mɔs klin!''

We wi lɛf skul, Bebina in bin gɛt fɔ go lan tred, fɔ mek iya na selun. As fɔ mi, a go du kɔmpyuta kɔz. Layf nɔ bin izi fɔ wi, bɔt Bebina in yon bin pasmak. Bɔt as wi ol Kristyan pipul kin se, "ɛni wɔd na mɔt, na preya to Gɔd". So ɔl di tɛm, in Bebina bin de se i gens ɛn wan(t) lɛf in pipul dɛn os.

"Dɛn wan ya, a wan ɛskyuz dɛm smɔl." Dis na bin lɛk sing na in mɔt. Bɔt ivin we i fasin dis tɔk, a nɔ ɛva tek am siryɔs, bikɔs as a no am, ɔldo i gɛt wam at na pɔsin we lɛk fɔ krak jok ɛn ɔlwez de smayl, i lɛk na ple I de ple, ɔ na in at-to-at tɔk i de se.

Wi bin dɔn lɛf skul bɔt tri to fo iya naw, bɔt dat nɔ skata wi padi. Aw ɛva i te, wan wik nɔ bin de pas wi nɔ si; if i nɔ kam to mi, mi de go to (r)am. ɛn ɛni tɛm wi si, wi mɔs spɛnd dɛn wan to tu awa togɛda. Dɛn tɛm de, ɔlman de ɛksplen wetin ɛn wetin I dɔn pas we na ɔdul.

Bɔt tɛm bin kam rich we i tek pas wan wik a nɔ sɛt yay pan Bebina. Di las tɛm we wi si na we i go na os, ɛn a leta go lɛf am to wan telaman na tɔŋ usay wi de te te wi pat. A bin de wɔnda wetin apin; na sik i sik ba-a, ɔ wetin? A bin de dawt, bɔt a nɔ ask ɛnibɔdi.

CHAPTA 2
BEBINA LƆS NA OS

Wan nɛt, Bebina in mama ring mi de aks if in pikin, Bebina, nɔ de to mi. Bay in vɔys, i bin luk siryɔs, wɔri ɛn tɔmɛnt. I tɛl mi se dɛn nɔ si Bebina fɔ sɔm des - nobɔdi nɔ no usay i go, ɔ udat i go to, bɔt bikɔs a nɔ bin gɛt ansa fɔ (r)am a bin jɛs de lisin am. Wi lɛf de tɔk nain di krɛdit dɔn. A jɛs put mi ed dɔŋ bikɔs mi bɔdi brok fɔ di kayn nyus we a yɛri. A wach di tɛm: na bin et-tati. I nɔ bin dat let yet.

I nɔ te nain Sabayna, wi ɔda frɛn ɛn fɔs tɛm klasmet kam nak do de aks mi:

"Julisa gud ivin, a yɛri se Bebina dɔn kɔmɔt na os?" I nɔ sidɔm sɛf. "Us tɛm? Dɛn se na Fritɔŋ i go?" I ask.

"Mi sista, misɛf na so a yɛri se i dɔn lɛf os, bɔt a nɔ ebul kɔnfam am yet...Hmm!" A blo kam dɔŋ.

"Bɔt aw insɛf go du dat? Aw in mama ɛn stɛp dadi go fil?" Sabayna kɔntinyu fɔ ask.

"Bo-o, na di tɔk a de tɛl yu. Misɛf nɔ rili no natin yet, na we in mama jɛs ring jijisnɔ bifo yu ɛnta sɛf mek a no", a riplay.

"Yu nɔto in padi?" I tray fɔ nak mi bɛlɛ bak.

"Dis na prɔblɛm o! A beg, nɔ kam bil ajɔnin na mi mɔt. Dɔg we bring bon, go kɛr bon". Misɛf fling am pan am, as a de tray fɔ kɔshɔn in Sabayna.

"So na mi na di dɔg? Duya a beg! A sɔri, na we na yu ɛn na tayt mek...Mɛk a de go, bifo nɛt keck mi". In Sabayna mekes lɛf.

I bin dɔn tek pas tu mɔnt a nɔ sɛt yay pa Sabayna, pas we i kam chuk wɔd na mi mɔt. Bɔt a tɛl am se mi ed nɔto bank,

mek i go bifo wit in yon wa-ala.

We Sabayna lɛf; tomisɛf, nain a put wan ɛn wan togɛda ɛn pik ɔp se yɛs...Bebina bin dɔn de sawnd da kayn bɛl lɔŋ lɔŋ tɛm. "Bɔt wetin mek dis po gyal nɔ tɔk usay i go?" na di nɛkst kwɛstyɔn we kɔmɔt na mi mɔt.

Da nɛt a nɔ ebul fil fayn. ɛni tɛm di insidɛnt ɛn tɔk krɔs mi maynd a de fil bad. Bɔt slip nɔ wan nɔ wetin, ɔ aw pɔsin fil, so a lɛf de mɛmba te te slip tif mi go.

Di doklin, na wan plen-klos 'CID' man a si go ɔlmost wek wi na os. As a opin di domɔt na di man a si bɔndul insɛf na kɔna insay di viranda. As wi yay brakɛt nain i grit mi,

''Gʊd mɔnin, mi dia.'' i se.

''Gʊd mɔnin sa. A kin ɛp yu sa?'' A ask.

''yɛs.... A de ask fɔ wan ledi we nem Julisa Jɔnsin,''di man ask.

'' Mi na sajin Tɔmɔs Kindo frɔm Zogoda polis steshɔn.''I ɛksplen.

''ɛnitin sa? '' A ask, bikɔs a bin sɔprayz fɔ si 'CID' polis da ali mɔnin fɔ da mata, de ask fɔ mi. Wan tɛm wan tɛm, mi at kɔt, a de wondri wetin apin.

''Yɛs, na ripɔt wi gɛt na steshɔn yɛstade. Wan uman we nem Byatris Blek we de bay Zogoda makit nain go ripɔt se in wangren gyal pikin we nem Bebina lɔs na os fɔ fayv des naw, bɔt i tɔk se di titi gɛt wan in padi na dis os we nem Julisa Jɔnsin,'' di man kɔntinyu, as i tinap de tɔk to mi. Leta, i pul wan dɔkyumɛnt ɛn ol am na an de sho mi. Di dɔkyumɛnt bin gɛt mi nem, ful nem ɛn adrɛs kɔrɛkt kɔrɛkt wan.

''So a kam invayt am na steshɔn fɔ go mek shɔt stetmɛnt,'' i ɛnd.

''yɛs sa, na mi na Julisa, bɔt....''a ansa mi nem afta a dɔn si di polisman in aydɛntiti kad ɛn di dɔkyumɛnt we i pul sho mi. Da tɛm a dɔn paink ɛn tɔmɛnt as a nɔ wan de gɛt di kayn ɛkspirɛns fɔ lɛ polis ɔfisa invayt mi fɔ kes na polis steshɔn. Di sem momɛnt, i notis se mi yay dɔn rɛd, mi vɔys dɔn chenj, ɛn a wan kray. So i tray fɔ koks ɛn kɔrej mi se nɔ fɔ wɔri.

''Nɔɔ! nɔto bad tin wi jɛs wan go gɛt smɔl infɔmeshɔn frɔm yu na steshɔn-dat if yu sabi o - bɔt yu padi. Bɔt we do klin ɔlman kin kɔmɔt, so a disayd fɔ kam kwik fɔ mek a go mit yu na os. '' I ad.

'' Bɔt wi jɛs grap na bed, a nɔ ivin was mi fes yet, ɛn a nɔ ivin tɛl mi mama. A de dawt if i dɔn grap sɛf sa, a....'' a riplay.

''I nɔ bad, a go stil wet, ɛn....'' di polisman sɛf disayd ɛn sidɔm na di bɛnch na viranda.

ɔl dis we bin de apin bitwin mi ɛn di ɔfisa, bio bio mi mama bin dɔn de yɛri na pala wit dip intrɛst ɛn kɔnsan, bɔt i nɔ tray fɔ intafiya pas we wi tɔk dɔn.

''Brɔda, a se, mista ɔfisa, kushɛ o! Mi na da uman in mama, Misis Jɔnsin, ɛnitin? A bin dɔn de fala yu tɔk wit mi pikin; so na Bebina in mama go pot mi pikin na steshɔn to una?'' mi mama ask di ɔfisa thru di winda napala,afta we i grit am, ɛn ask am sɔm kwɛstyɔn dɛn.

''Yɛs ma, gud mɔnin ma. Na ripɔt wi bin dɔn gɛt ma.Wan uman we nem Byatris Blek nain bin go alɛj se in gyal pikin we nem Bebina lɔs fɔ sɔm des naw. Bɔt I go bifo fɔ se di titi gɛt wan in tayt padi we tap na dis os. So wi nid fɔ no if dis padi gɛt ɛni infɔmeshɔn bɔt in padi, sin dɛn tu na kloz padi. ɛnti yu no gyal pikin dɛn naw ma?'' di polis ɛksplen to mi mama.

''So dɛn se na mi pikin kip dis Bebina titi?'' mi mama aks fɔ ebul gɛt di tru pikchɔ.

''No ma! Na we wi de intavyu madam Byatris nain wi aks am if di titi, Bebina, we dɔn lɔs gɛt ɛni padi we i kloz to... ɛnti yu no se polis-wi gɛt difrɛn kayn we fɔ fɛnɔt sɔmtin? So na so yu yon pikin, Julisa, in nem kam insay di tɔk ma.'' Di ɔfisa go bifo fɔ ɛksplen dip ɛn klia klia wan to mi mama.

''ɛhɛŋ! mi at dɔn kam dɔŋ smɔl. A dɔn ɔndastand naw.'' Mi mɔmi blo kam dɔŋas di polisman gi am di ditel. Dɛn I se,

''ɛniwe, na mi pikin, as a tɛl yu. Na wi tu go go na di polis de,'' mi mama ad, ɛn gi in wɔd to di ɔfisa.

''ɔ-ke ma! I nɔ bad ma!'' di polis gri.

So insay twɛnti minit, mi ɛn mi mama pripia ɛn gɛt rɛdi fɔ fala di polis ɔfisa go na di polis steshɔn. Afta dat, nain wi ɔl tri waka go na di steshɔn.

Uda(t) a mit ɛn tɔk to na di steshɔn na wan kraym invɛstigetɔ we nem Sajɛnt Maykɛl Kiŋ. I aks fɔ mi ful nem, ful adrɛs, di wok we a de du, ɛn if a mared ɔ a de wit ɛni mi klos fambul,ɔ ɔda fambul; dɛn mi ej. Leta, i aks if a sabi ɛni titi we nem Bebina Blek titi na nɔmba fayv Makit Rod nia Zogoba makit insay zogoba tɔŋ. Dɛn, i ɛnd ɔp fɔ aks us tɛm las(t) a si Bebina, ɛn if a no usay i go, ɔ if i se guy bay to mi we i bin de go. Pantap dat, if wi tu ɛn Bebina dɔn si, ɔ tɔk insay di las(t) fayv dɛs to wan wik.

A ansa ɔi di kwɛstiyɔn we di sajin aks mi akɔdin to, bɔt a se a nɔ no if Bebina lɛf in os, us tɛm i go, ɔ usay i go. Dɛn mi ɛn am nɔ tɔk we i de lɛf, ivin insay di pas(t) fayv dɛs to wan wik. Bɔt a ansa se yɛs, na mi tayt padi we mi ɛn am bin de du ɔltin in kɔmɔn. Nɛkst, a tɔk se wi tu fambul dɛm-mama dɛm-no bɔt wi padi frɔm skul dɛs te tide.

Insay twenti to tati minit di intavyu bin dɔn dɔn na di polis steshɔn so di polis dɛn riliz mi fɔ go na mi os. Di ɔnli tin, di ɔfisa gi mi in nɔmba se fɔ kɔl am; i kes a si, ɔ tɔk wit Bebina afta da intavyu. Faynali, mi ɛn mi mama ritɔn na os.

We wi ritɔn na os, nain a tek tɛm naret, fɔ di fɔs tɛm, ɔl aw Bebina in rileshɔnship wit in mama ɛn stɛp dadi bin dɔn de, ɛn ɔf let, aw i bin dɔn de sawa. A tɛl am aw dɛn bin dɔn soo di bad blɔd fɔ lɔng, we mek di titi bin dɔn de ring di bɛl fɔ lɛf di os, bikɔs ɔf sɔm tritmɛnt we i bin dɔn de fes na di os. pan tap dat, a tɛl am di tru se a nɔ no natin bɔt di lɛf we Bebina lɛf, ɔ usay i go, ɛn infakt dat wi bin dɔn lɛf fɔ si pas wan wik, frɔm di tɛm we i las kam plant mi iya na os we a go lɛf am to wan tela man.

''A jɛs fil am fɔ di po ɔfan, mɔ we na gyal pikin we jɛs de ful grɔn,'' mi mama rɛspɔnd wit rigrɛt lɛk ɛni kombra we no wetin na bɔn pikin. A rili si di sɔri na in fes we i de tɔk.

''Bɔt mama na so, nɔto ɔl kombra de tink lɛk una, ɔ gɛt di kayn filiŋ fɔ pikin,'' misɛf rɔb mɔt bak.

''Da wan de na Gɔd nɔmɔ ebul dayrɛkt am naw. A pre dat Masta Jizɔs go tek kɔntrol,'' a ɛnd di tɔk as wata bigin sɛtul na mi yay.

''Mi pikin wep yu yay. A no aw yu de fil fɔ yu padi. Dis, wi jɛs de kɔntinyu fɔ ask papa Gɔd mek i tek kɔntrol. Kombra dɛm na wi wa-ala dɛn dis,'' mi mama tray fɔ kɔrej mi as wata bigin fɔ rɔn insɛf yon yay.

Wi nɔ ebul diskɔs natin bɔt natin egen te te wi tu ɛn mama sɛpret: i go na in rum, misɛf go na mi ɛn solo yon rum. chɔp sɛf no swit na wi mɔt fɔ di nɛkst tu dɛs.

Tri des pas; di ɔda doklin, nain misɛf plan fɔ go fɛnɔt bɔt Bebina. ɔl a tink fɔs na dat i tap to wan neba na di eriya, ɛn de fred fɔ go bak na os bikɔs i mɛmba ɛn fred wetin in mama ɛn stɛp dadi go pas am bambay. Egen, dat i nɔ kam to mi bikɔs dɛn bin go fɛn am de kwik.

Frɔm we a tek ɛskyuz frɔm mi mama, a ɔlmost spɛnd da ɔl de insay Zogoda de tray fɔ fɛn Bebina. A go ɔl say we mi blant go: to ɔl wi ɔda padi dɛm, in kɔmpin iya drɛsa dɛmwe a no fɔ (r) am, bich, sinima dɛm ɛn ɔda say dɛm we a no fɔ (r) am, daw! A nɔ si am, ɔ gɛt ɛni kɔnfam infɔmeshɔn sɛf bɔt am; pas wan neba titi arawnd dɛm we se i yɛri fent wan se na Fritɔŋ i go.

Fayv to siks o' klɔk ivin tɛm nain a go bak na os- taya, angri ɛn fɛdɔp wan. ɔl dis tɛm, a bin jɛs de fil se i mɔs ring mi as i yus fɔ du we wi blant lɔs pan wisɛf dɛn tu, tri des.

Smɔl bit to nayn o' kɔk di ɔda nɛt, nain mi fon ring egen. A rɔsh go tek am, de fil se na mi drim kam tru, bɔt na Bebina in mama, anti Bya, as a yus fɔ kɔl am- ring mi. As a notis, nain mi bɔdi brok frɛsh, bɔt a peshɛnt fɔ lisin we i de ɛksplen se di polis dɛm tɛl am se sɔmbɔdi se i si Bebina na gɔvamɛnt bɔs wan mɔnin de travul go Fritɔŋ. Dɛn, koro koro, di pɔsin se in si Bebina we wata de rɔn in yay insay di bɔs. Afta dat, i beg padin, ɛn prɔmis fɔ kam beg mi mama sɛf fɔ we i se i yɛri se polisman bin kam invayt wi na polis steshɔn fɔ seka Bebina in biznɛs. I go bifo fɔ se i nɔ ɛva min dat. Wi lɛf de tɔk nain in krɛdit dɔn.

''E! So na dis Bebina du?'' na di nɛkst kwɛstyɔn we kɔmɔt na mi mɔt. To misɛf, to mi sɛf, a fil bad frɛsh wan te te wata bigin rɔn mi yay bak. Di wɔndri, tɔmɛnt ɛn diskɔrejmɛnt bin de pan mi fɔ di nɛkst fyu des to wik. Di ɔda pɔsin we a tɛl dis letɛst nyus na mi mama nɔmɔ.

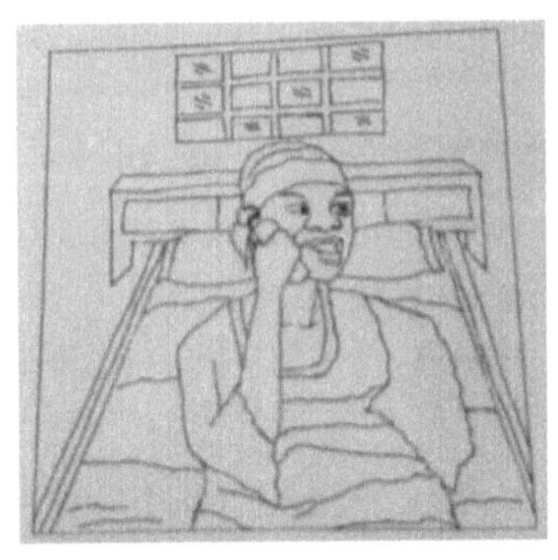

CHAPTA 3
NYUS BLAKAWT

Wetman se, "no news is good news." Krio sɛf falamakata se, "we nyus nɔ de na gud nyus". Bɔt dis parebul nɔ ol wata fɔ ɔltin, ɔl tɛm, ɛn ɔl say. Wan na Bebina in kes. Di (h) ol tin bin dɔn tɔn kres man parebul: i nɔ gɛ ed, i nɔ gɛ(t) tel. Tu wik, te tri wik bin dɔn pas natin! Ɔl man bin jɛs de luk to Gɔd naw fɔ ivin kɔnfam if di rumɔ we bin dɔn de go rawnd se Bebina tarvul go Fritɔŋ na tru, ɔ nɔt. As yuzhwal, na da tɛm ɔl man nɔ se preya impɔtant as di shub bin dɔn kam na shɔ.

Bɔt wan tin we fɔ no na dat na sɔmtin mek mɔnki it pɛpɛ. Ɛn, as wata nɔ de we tru lɔv nɔ ebul krɔs, na so (h)il ɔ mawnten nɔ de we di sem lɔv nɔ ebul chalenj. Wit dis na maynd, ɛn wɛn a kɔnsida wi rileshɔship, a mekɔp mi mayd fɔ go fɛn Bebina na Fritɔŋ we ɔl finga bin dɔn de pɔynt to, ɔldo a nɔ wan de go ɔ no de. Wɛn a tɛl mi mama dis plan, i tan lɛk we pɔsin put pɛtrol na faya: i lus na mi ed ɛn blez lɛk we dɛn sɛt faya pan poka mata.

"Na chak yu chak, yu dɔn lɔs yu sɛns, ɔ nayu mɔl dɔn mas!" I wayl de tɔk pantap in vɔys, vɛks tɛl lay! Yu nɔ sabi Fritɔŋ, ɛn nɔto say lɛk Zogoda. Yanda ɔlman de pan in yon, bikɔs na mɔnki dunya, ɔlman de fɛt fɔ in ed. Aw yu go go fɛn pɔsin de? Natin nɔ go mek yusɛf nɔ lɔs," i kɔntinyu de bre ɛn baranta.

Dat mek a kol lɛk ays, ɛn go na mi shɛl wantɛm. A jɛs ple smat fɔ witdrɔ frɔm am, bikɔs a notis se i bin dɔn lɔs tɛmpa lɛk nyu kombra fɔl we dɛn kech in wagren pikin; ɛn a bin no wetin dat min fɔ mi.

"If yu padi rili plan fɔ lɔs, a tink Fritɔŋ na di rayt ples bikɔs insɛ-sɛf nɔ min wɛl fɔ insɛf, ɛn na in watalo in dɔn rich!" I kari ɔn fɔ swip mi na kɔna. Shem ɛn disgres mek a jɛs mɛlt na di sin lɛk we sɔl(t) lɔs na sup.

Bɔt pan ɔl dat, we prɔblɛm wan sɔlv na preya God de ansa. Afta tri des, we di dɔst sɛtul bitwin mi ɛn mi mama nain wi jɛs si wan post mɛsenja kam wit wan ɛkprɛs lɛta fɔ mi na os we kɔmɔt Fritɔŋ. Wan wi famili padi in pikin, Sidi, nain rayt to mi. Ɛn we di pɔsin kam wit di lɛta, God so gud dat na mi mama i gi di lɛta fɔ mi.

Sidi na wan mi mama i lɔŋ tɛm padi, anti Stɛla Afɔmi Shɔla Kiŋ, in bɔy pikin we wi ɔl go praymari skul bɔt et to tɛn iya bak we dɛn bin de na Zogoda tɔŋ. Anti Stɛla na in bin de trit wi famili ɛni tɛm we pɔsin sik na wi os. Dɛn na bin wi gud gud neba. As dɛn kin se gud neba bɛtɛ pas fawe fambul. Ivin we dɛn bin dɔn transfa na di siti usay dɛn kɔmɔt, dɛn pikin, Sidi, bin de kam spɛnd ɔlide wit wi.

Di lɛta mek a no se, gud nɔba fɔdɔm na grɔn. Insay di lɛta, Sidi rayt:
Mi dia Julisa,

A jɛs mɛmba una tide egen, ɛn di las wɔdaful ɔlide a bin spɛnd wit una na Zogoda, fayv iya bak, we a bin jɛs ɛnta Frobe Kɔlɛj. A rili mis una ɔl, patikyula di fɔn dɛm we wi bin de gɛt we wi bin de go rayd baysikul na pak, go wach fim na sinima ɛn visit futbɔl mach dɛn

A no se wi ɔl dɔn tu bizi naw fɔ ivin tray fɔ no bɔt wisɛf. Di ɔnli tin wi nɔ fɔgɛt una, na una adrɛs nɔmɔ a bin dɔn lɔs we a jɛs gɛt as a de wach thru wan mi ol ol dayari. A bin de fil se sɔntɛm una nɔ ivin de na dis adrɛs sɛf egen. A jɛs tray chans fɔ ebul no usay una de naw.

Wi yɛri se una bin dɔn lɔs yu dadi, ɛn da(t) mek una muf go na vilej fɔs; say we wi bin go waka wan wikɛnd da tɛm we a bin de wit una. Ar so sɔri, ɛn op se una dɔn de kop ɔldo in at.

A nɔ fɔgɛt di lɔv we una; yu ɛn yu pipul (mama ɛn papa) dɛn bin sho mi. A nɔ ɛva si una kayn famili. Ɔlman bin trit mi lɛk dɛn yon brɔda ɛn/ ɔ pikin. A bin ɛksplen ɔltin to mi mama, ɛn insɛf angri fɔ si yu. So if I pɔsibul na fɔ kam spɛnd sɔm tɛm wit wi na Fritɔŋɛni tɛm frɔm naw. Wi de luk rod fɔ yu.

A de wet fɔ yɛri frɔm yu ɛni tɛm yu gɛt dis lɛta. Mi fon nɔmba na +4349005000. Ɛni tɛm yu rɛdi fɔ kam kɔl mi so dat a go go pik yu na bɔs steshɔn na Wata Strit insay Fritɔŋ ya. Grit di mami ɛn ɔl yu padi dɛm.

Te te wi si bak,

Bay bay,

Sidi.

Sidi in lɛta nɔ bring jɔy to mi nɔmɔ, bɔt ivin mi mama ɛn smɔl brɔda, Solo. Di lɛta ivin bring pis ɛn kol at. Fɔ sho se i akchwali aprishiet, we a dɔn rid di lɛta to mi mama, i rimak se,

"Na dat mek pipul kin gi tɛstimini na chɔch bikɔs Gɔd sɛ-sɛf lɛk uda(t) gretful, ɛn i sho se Sidi ɛn in mama rili gretful to wi. Misɛf aprishiet dɛm ɛn a pre dat Gɔd blɛs dɛm fɔ dat."

As fɔ mi, apat frɔm di jɔy ɛn pis we di lɛta bring kam,i kam lɛk lɔng tɛm drim kam to layt. Na mi wangrenno aw a fil, ɛn i jɛs ful mi mɔt . I tan lɛk we pɔsin de fɛn sɔmtin ɔp dɛn yu si am na grɔn. Mi mama we nɔ bin wan(t) yɛri Fritɔŋ tɔk na mi mɔt nain kam bigin ɔj mi fɔ pripia fɔ mi travul wan de. Leta I tray fɔ advays,

''Yu fɔ kɔl sidi ɛn in mama se yu dɔn gɛt di lɛta, ɛn tɛl dɛm tɛnki.Se misɛf gladi ɛn de tɛl dɛn tɛnki , ɛn nɔ fɔgɛt fɔ tɛl dɛm awdu.''

Insay wan wik nain wi bigin put tiŋs togɛda fɔ mi travul wan na Fritɔŋ. ɛni tu- tri des i bin de rimaynd mi fɔ ɔlwez sho rɛspɛkt to pipul ɛn put misɛf dɔŋ. Bak, i wɔn mi se a nɔ fɔ ɛva lan fɔ fɛt fɔ misɛf.

''Julisa, yu fɔ ɔl di tɛm mɛmba se na os yu kɔmɔt, nɔ kip bad kɔmpin. Pantap dat, nɔ fɔgɛt fɔ de pre ɛnitɛm yu wan slip, ɛn we yu grap na bed.'' I se.

Aftada wan wik, nain wi pik det se a fɔtravul di nɛkstSatide, wikɛnd. So di Frayde, nain wi fon Sidi ɛn anti Stɛla tɛl dɛn bɔt mi travul arenjmɛnt ɛn det; so dat Sidi go rɛdi fɔ go pik mi ɔp we a go dɔn land na di siti bambay.

A-a-li da Satide mɔnin, nain wi: mi, mi smɔl brɔda, Solo ,ɛn wi mama go na bɔs steshɔn fɔ mɛk a go tek bɔs fɔ travul go Fritɔŋ. Di bɔs steshɔn bin luk dray, bikɔs wi yɛri se tu bɔs bin dɔn ɔlrɛdi lɛf bifo wi rich de. Bɔt Gɔd ɛp, wi ebul gɛt di las bɔs we insɛf bin dɔn de ful. Insay tɛn minit, a bin dɔn bay tikit ɛn mek di aprɛntis lod mi bag, dɛn a klem tek mi sit. Bifo di drayva stat di bɔs, mi mama bin dɔn put mi na in kia; i tɛl am fɔ go lɛf mi na di men bɔs steshɔn insay Fritɔŋ, bikɔs a nɔ no usay a fɔ go drɔp.I nɔ te nain di drayva stat di mɔtoka fɔ tekɔf. Da momɛnt, a bin gɛ(t) fɔ pul mi ed na di bɔs in winda fɔ wev to mi mama ɛn Solo ,we sɛf bin dɔn de wev to mi.

''Tek yu tɛm O! Mɛk gɔd go wit yu.'' Dis na bin di las stetmɛnt we mi mama mɛk dɛn di bɔs bigin muvsmɔl smɔl.

CHAPTA 4
DI JƆNI TO FRITƆŊ

We mi smɔl brɔda ɛn mama bin de wev fɔgi di faynal gudbay to mi, a lɛf de wach dɛm te dɛn lɔs na mi yay. Dat na afta di bɔs tek di fɔs kɔv na di rod. Da tɛm, di bɔs kɔndɔktɔ bin bizi de chɛk ɛvri pasenja in tikit fɔ mek shɔ se dɛn kip am, ɛn sidɔm na dɛn rayt sit dɛm. ɔl dis we bin de apin, mi maynd bin de fa as wata bigin gɛda na mi yay, bɔt a nɔ ebul pul wan vɔys. Wan man ɛn uman we bin sidɔm kloz to mi na dɛnbin de tray fɔ dig mi maynd fɔ no wetin apin we wata bin de rɔn mi yay.Fɔs, di man we bin sidɔm na mi rayt an nain kɔtaw ask mi,

''aw, yɔŋ gyal yu nɔ wan travul egen?''

"I, wetin mek yu de kray?"Di uman sɛf ask.

''Wetin du, yu de…?''Di man tray fɔ aks ege; bɔt wan wɔd nɔ kɔmɔt na mi mɔt. A bin jɛs kip to misɛf.As di push na shɔ de kari ɔn,sɔm pasenja bin butu dɛn ed de pre. Da tɛm, di bɔs bin dɔn bigin de muv smɔl smɔl.Di pasenja dɛn ɛnd ɔp fɔ de tɔk bɔt difrɛn difrɛn tin dɛn we bin dɔn de apin na di kɔntri, lɛk di ay dɔla prayz we mek transpɔrt, ɛn ɔda tin dɛn prayz go ɔp na di makit; kɔrɔpshɔn, pɔlitiks, smɔgul, di plɛnti rep kes dɛm,ɛn ɔda tin dɛn we tay to pipul sɔvayval. Pantap dat, na di pasmaktif,ɛn kil kil we bin dɔn tek rut patikyula na di siti, Fritɔŋ, ɛn ɔda big tɔŋ dɛn. lɛk ɛni lɔri pak ɔ makit,di nɔys bin kɔba di bɔs: nobɔdi nɔ de lisin to in kɔmpin pas in yon kloz neba.

Ɔl dis we bin de bi, mi at bin de af ɛn af. Bɔt mɔ,mi maynd bin de rɔn to mi smɔl brɔda ɛn mama; Bebina,Sidi ɛn in mama; ɛn aw dis wɔndaful Fritɔŋ go tan lɛk. As wi de go, ɛnisay wi mitɔp polic chɛk-pɔynt di drayva mɔs tinap; sɔmsay i bin de ivin kam dɔŋ ɛn go mit di polisman dɛm. wetin I kin go du nain a nɔ bin ebul pik ɔp, ɔ ɔndastand fɔ wan kɔpɔ.

Afta bɔt wan awa drayv, wan patikyula big tɔŋ we wi rich na di rod, di drayva bin gɛt fɔ bɛn go tinap na wan big pakiŋ grɔn de. Di nɛkst tin, i bin gɛt fɔ se if ɛnibɔdi wan it mek i go it, ɛn uda(t) wan yuz rɛst rum mek i mɔs go.

'A gi ɔlman tati minit', i se.

"Duya, afta dat, a go gɛt fɔ blo ɔn, so ɛni wan we yɛri mek i no se di tɛm dɔn dɔn, ɛn i fɔ kam tek insit bak fɔ mek wi kɔntinyu di jɔni," di drayva kɛri ɔn. Raydawe, nain ɔlman kam dɔŋ na di bɔs apat frɔm dɛn grani, sɔm ɔda big big pipul, kombra ɛn pikin dɛm. Misɛf kam dɔŋ, ɔldo a nɔ bin fil fɔ go yad,ɔ it. Instɛd a tek di chans fɔ bay krɛdit ɛn kɔl Sidi tɛl am usay wi bin dɔn de na di rod, bikɔs i bin dɔn prɔmis fɔ go wet mi na pak, da(t) na bɔs steshɔn insay Fritɔŋ. A lɛf de tɔk na fon nain di drayva blo (h)ɔn fɔ mek ɔlman go bak na di bɔs. I nɔte, nain ɔlman go tek in sit, dɛn wi tek ɔf bak.

As di bɔs muv, ɛnti ɔlman bin dɔn go strɛch in mɔsul: uda(t) bin wan(t) go yad go; uda bin wan go it –it, nain di diskɔshɔn na di bɔs kɔntinyu frɛsh. A stil kip to misɛf bikɔs a nɔ yus fɔ tɔk na krawd ɔ amɔngin big pipul. Insay di nɛkst ten minit, nain wi mitɔp wan denja aksidɛnt we bin jɛs dɔn apin na di rod. Dis mek di nɔys ɔl tap, ɛn ɔlman fokɔs pan di insidɛnt. Bifo di bɔs de dɔn fɔ tinap ɔlmost ɔlman na di bɔs bin dɔn grap, rɛdi fɔ kam dɔŋ. "Wetin apin?" na di kwɛstyɔn we bin de na ɔlman lip. "Jizɔs!us tɛm dis apin?" Wan ɔda pɔsin ala de aks.

Bifo wi de mek ɔp, nain wi si dɛn de pul dede bɔdi dɛm insay wan taksi ɛn wan Masidis Bɛnz, we dɛn se na dɛn tu bang fes to fes. Afta dat, dɛn bigin pul uda brok in fut, brok in an, ɛn uda dɛn wund bad bad wan. Di ol tin apin insay kɔv, pantap brij we na naro naro brij. Kwik kwik nain krawd gɛda na di ples, ɛn i nɔ te egen nain wi si ambyulans de kam ɛn blo ɔn wit ful spid. Da sem tɛm, polis dɛnsɛf bin bizi de mak mak di ples we di aksidɛnt bi, at di sem taym de tray fɔ kɔntol di krawd. Blɔd bin de flo na di trit lɛk we dɛn opin pɔmp. Insay di sem krawd, uda(t) bin de kray de kray, uda bin de tɛl Ɔsh bin de pan in yon, te te wi drayv rɛdi fɔ muv egen. Di tu mɔtoka we invɔlv pan di masibo pɔyl kpata kpata,biyɔn(d) ripya.

We wi tek ɔf frɔm di ples, di tɔpik na di bɔs ɔl chenj. Ɔlman bin jɛs de fokɔs naw pan di wangren kam-ɛn-si aksidɛnt. "Mek Gɔd push wi yon fa", na di wɔd we bin de na ɔlman mɔt insay di bɔs. Sem we so, pipul bigin advays di drayva na di bɔs. "Drayva, smɔl smɔl o, ya-a!" wan mami se, "Duya tek yu tɛm ya, papa drayva" ɔda wan se. As dɛn de tɔk, yu go no se ɔlman bin dɔn fred, na so sɔm man bin de pre mek Gɔd tek kontrol. Da momɛnt di (h)ol ples mek yɛnyɛn lɛk we dɛn put kanya na mɔt, if pɔsin drɔp pin na grɔn ɔlman de yɛri. ɔlman na di bɔs bin luk de fil sɔri, ɛn ɔlmost de mɔn fɔ di wa-ala we dɛn si.

Misɛf bin de insay di sem mud. Raydawe nain a bigin pre na mi at, as a bin dɔn yus fɔ du we a fes dɛn kayn sityueshɔn. "Mek Gɔd tek kontrol, emɛn!" a pul vɔys.

Afta dat, nain a bigin de tink us tɛm wi go rich, ɛn if a go ebul si Sidi kwik bambay.So mi at bigin ɛng wantɛm,na so Bebina in biznɛs sɛf bin de krɔs mi maynd ɔn ɛn ɔf. Raydawe, nain a bigin fɔ pre ova da wan de sɛf na mi at tete wi rich wan ɔda chɛkpɔynt, bio bio na di laswan da wan de fɔ ɛnta di siti.Nain

a yɛri sɔmbɔdi nia mi se,

"Taynk yu Jizɔs! Wi dɔn rich at lɔng last", we mek a blo kam dɔŋ. A nɔ ebul bia pas we a grap tinap, bikɔs a wan si fɔ misɛf, ɛn mi wes bin dɔn rili sawa.

Dis tɛm rawnd, na polisman dɛn kam na di bɔs fɔ chɛk. Wetin dɛn bin de chɛk fɔ nain a nɔ bin ebul ɔndastand, bɔt I nɔ te nain di motoka bigin muf bak. Frɔm we wi ɛnta krawd da tɛm a nɔ si usay i ɛnd; na so di motoka dɛn tolayn de go na difrɛn dayrɛkshɔn, nɔn stɔp. As wi de muf na so pasenja dɛn bin de kam dɔŋ na difrɛn eriya dɛm. Wi kin go te-e trafik blɔk fɔ dɛn ten to fiftin minit kɔmplit wi tinap wanples. I mek te-e a bigin taya fɔ tinap pas a sidɔm bak.

At list, wi spɛn pas wan awa frɔm di las(t) chɛk pɔynt to di bɔs steshɔn we a bin sɔpoz fɔ kam dɔŋ. In fakt, wi kin go te-e a aks if wi dɔn rich, ɔ pas di bɔs steshɔn. Bɔt Gɔd so gud, bifo wi lɛf Zogoda, mi mama bin dɔn tɔk wit di drayva ɛn tɛl am usay a bin fɔ go kam dɔŋ na di gɔvamɛnt bɔs steshɔn insay Fritɔŋ,usay Sidi bin sɔpoz fɔ pik mi ɔp as aw di arenjmɛnt go.

Bifo jako kɔt yay nain di bɔs ɛnta di big pakiŋ grɔn we na di las steshɔn. Ɔlman we bin stil de insay di bɔs bigin de put dɛn lɔgej dɛn dɔŋ. To tɛm a put mi yon dɔŋ nain a si wan tɔl, slim, yala yɔŋman we gɛt jinja ed, jɛs as mi mama bin diskrayb am to mi, bigin chɛr di krawd de kam towɔdz mi. Ɛn I kam tinap rayt bifo mi ɛn aks, "Na yu na Julisia Jɔnsin, Misis Oluma Jɔnsin na Zogoda tɔŋ in pikin?" Mi at kɔt fup! Bikɔs a nɔ biliv mi yes ɛn yay. A sɔprayz ba-ad. Wan wɔd nɔ kɔmɔt na mi mɔt fɔs. "Nɔto yu fɔ kam to wan Anti Stɛla we na mi yon mɔmi?" I aks ɔda kwɛstyɔn.

Stila bin baful, bikɔs a stil de wɔnda aw di yɔŋman ebul pik mi insay dis kayn krawd."Sidi?"Misɛf aks am, as mi yon ansa to in kwɛstyɔn dɛm. "Yɛs na mi na Sidi we fɔ kam tek yu tide" I ansa ɛn ɛxplen, bifo misɛf ansa mi nem faynali. "Sɔri, yɛs, na mi na Julisa we kam to una.'' A beg padin ɛn ansa to mi nem dɛn wi tu ol wisɛf tayt wan fɔ sho di gladi, bifo a es an ɔp se, "Tank yu Jizɔs!"

Bifo a mara nain Sidi tot mi gana-mɔs-go bag ɛn tɛl mi fɔ fala (r)am go tek poda-poda. Te te wi lod na di transpɔt a bin jɛs de dawt aw di yɔŋman ebul memba mi afta dɔnki-iyas we wi lɛf fɔ si. I bin fayn fɔ si, ɔ luk.

I nɔ te nain wi lod na di motka fɔ go na os, insay kuntɔlɔ usay dɛn tap. Jɛs as wi lod nain a aks am fɔ in mama, anti Stɛla, ɛn I dadi Mista Jɔn Tyunisin. "Mama de na os, bɔt yu no se mi dadi in bin dɔn travul go Amɛrika", I riplay. "Na mi ɛn mama nɔmɔ, wit wan mi kɔzin, Jekɔp, de na os" I kɔntinyu.

"Duya Sidi, yu go mɛmba Bebina, wan mi bɛst padi trade trade?" Aaks in Sidi. "Bebina, Bebina…a,?" I bigin mɛmba… "Ooo yɛs! A mɛmba, da yu padi we bin tap nia di makit na Zogoda? I aks bak. "Yɛs, yɛs, yɛs! Yala wan smɔl, ɔ sɔmtin lɛk kɔpɔ kɔla, tɔl, slim titi we gɛt da smɔl mɔt ɛn bɔl yay we wi yus fɔ kɔl flati" Sidi diskrayb am bak, as i kɔntinyu fɔ ask

"Na im! A kɔnfam to Sidi," sɔri tin mi brɔda. Da titi bin dɔn jɛs lɛf in let dadi in os bɔt tri wiks to ɔlmost wan mɔnt naw. Nobɔdi nɔ no usay i go, bɔt ɔlman bin de gɛs se na Fritoŋ ya i kam, a kɔntiyu fɔ ɛksplen. "Hmmm! Dan-de na bay chans nɔmɔ yu go si am ya-o. Da wan de sɛf na ay ay lɔk, ɛnti yu si di tɔŋ naw?" Sidi ɛxprɛs kɔmplit dawt bɔt Bebina in si wan, bikɔs as I se , di siti big pasmak fɔ ebul loket pɔsin de.

"Yusɛf de si aw di siti big. I kin ivin dɔbul Zogoda pas fifti to ɔndrɛd tɛm,'' I go bifo fɔ ɛxprɛs di dawt. "Plɛnti pikin we kin ayd ɔplayn kin ɛnd ɔp fɔ de na trit yaso, bikɔs ya na mɔnki duniya," Sidi ad.'' A rili biliv ɛn nɔ gɛt wan dawt bɔt wetin yu de se, Sidi, bɔt I bɛtɛ mek yusɛf no, bikɔs ɔlman, patikyula in mama, wɔri bɔt in biznɛs te tide,''a opin di ol kes-fayl to Sidi.

"Wit Gɔd in ɛp ɛn yu we sabi di titi, a sho se sɔntɛm wande wande wi go gɛt ɛd we,"a ɛnd ɔp fɔ disple feth, ɔldo misɛ-sɛf bin gɛt smɔl dawt. "Yɛs o, Gɔd fɔbid! a nɔ de tray fɔ pwɛl yu at o, bɔt di ɔnli tin, wi nɔ fɔ abop tumɔs."Sidi stil kɔtinyu fɔ abɔ dawt na maynd. "Yɛs, tru se tɔk mi, misɛf no se na tɛn chans to wan," a stil kɔnyinyu fɔ bato am mɔ ɛn mɔ.

As wi de go ɛn tɔk na di poda-poda na so ɔda pasenja dɛnsɛf binde pa dɛn yon, lɛkɛ ɛni ɔda pɔblik transpot. Wi lɛf de tɔk te di motoka go pin wi dɔŋ na jɔŋkshɔn, nain Sidi pe di aprɛntis. Wi jɛs tek tɛm krɔs di strit, midul motoka ɛn bayk dɛm, dɛn wi waka go na di os usay anti Stɛla bin sidɔm de wach rod fɔ wi na viranda.

As mi ɛn anti Stɛla krɔs yay nain I grap kam ɔg mi, da tɛm Sidi dɔn kɛr mi bag insay di rum we dɛn bin dɔn pripiya fɔ lɔj mi. Anti Stɛla gladi fɔ mi te I niali tot mi. "We yu mami?'' I fɔs aks. "A lɛf dɛm ma, I se fɔ tɛl yu ɛn Sidi plɛnti adu". A riplay ɛn gi am mi mama in mɛsej. Sɛf, nain I ɔt di tɛlivishɔn fɔs we bin de ple nap ala. As a sidɔm fɔ blo smɔl nain dɛn sho mi di rum we Sidi go put mi bag. Inɔ te nain anti Stɛla gi mi fud fɔ it, dat na bay dɛn tri to fo o' klɔk. Leta, a go was na bathrum.

Di os na sɛlf kɔnten we ɔltin de insay: bɛd rum dɛm, pala, kichin, tɔylɛt ɛn wɔsh yad we gɛt mirɔ dɛm na di wɔl. Dat na bin mi fɔs tɛm fɔ go insay kayn os lɛkɛ dat; a bin jɛs de yɛri sɛlf kɔnteyn, bɔt a nɔ ɛva no wetin i min, ɔ aw i tan.Afta shawaz, nain a chɛnj mi klos, pul ɛn konani di kanya, gari ɛn dɛn vɛjitebul we mi mama sɛn fɔ dɛm. ɔlman bin gladi, ɛn wɛlkɔm mi fayn.

CHAPTA 5
BEBINA FƐNƆT WAN NA WƐSTƐN FRITƆŊ

Insay di fɔs wan wik we a de Fritɔŋ, a nɔ no wetin na wok ɔ yagba, pas fɔ go preya mitiŋ na chɔch arawnd dɛn 5 o' klɔk ivin tɛm, dat na Tyusde ɛn Tɔsde. Afta dat, di Sɔnde savis we kin las frɔm nayn to ilɛvin o'klɔk na mɔniŋ, dɛn wi go bak na os. Di chɔch nem Krayst Ridima Tɛmpul, ɛn i de na di sem Gɔdrich Kɔmyuniti. Apat frɔm dat, di ɔnli tin we fɔ du na os na fɔ sidɔm wach fim, ɔ tɛlivishɔn, frɔm mɔniŋ to ivin te te nɛt; pas pɔsin fil fɔ slip ɔ go waka. Wewi grap na bed na mɔniŋ, di fɔs tin na fɔ gɛda fɔ mɔniŋ preya, afta dat wi drink rich rich ti, dɛn wi sidɔm fɔ wach fim te tɛm rich fɔ kuk. Shap wan o' klɔk, letɛst wan-tati, wi kin dɔn dɔn kuk fɔ di de. Di ivin tɛm, if pɔsin want i it rɛs, ɔ drink ti egen.

As a bin dɔn gi Bebina in sambalɛta to Sidi, ɛn as natin nɔ bin de fɔ du na di os, di rederawn fɔ luk fɔ in, Bebina, bigin afta di fɔs wan wik gres piryɔd. Sidi bin dɔn sɛt ɔl di plan. I sheb di waka tri pat, bikɔs di tɔŋ tu big. So ɛvri wik na wan pat na di tɔŋ wi bin fɔ fokɔs ɛn tray fɔ kom kɔmplit wan.

Fɔs, wi bin fɔ kɔnsɛntret na Wɛstɛn; nɛkst, to di sɛntral pat; dɛn wi ɛnd ɔp na istɛn. So i disayd se wi fɔ bigin na di wɛst bikɔs na de wi bin tap. Wi fɔ spɛnd wan ful wik fɔ go rawnd ich ɔv di sɛkshɔn dɛn, in-ɛn-awt: dɛn makit, futbɔl fil(d), di difrɛn difrɛn bich dɛm, dɛn slɔm eriya, baraks dɛm, ɛn sɔm pɔpyula ples dɛm lɛk dɛn nayt klɔb.

Ɛni eriya, fɔ shɔ, gɛt in yon pɔpileshɔn we kɔmprayz: difrɛn tredsman ɛn uman dɛm, ɔfis wokman dɛm, treda ɛn dɛn wan we rili nɔ gɛt ɛni wok fɔ du, ɔ engej pan. Di krawd kin de flo lɛk ɛni riva; na so di transpɔt flo sɛf de. Fɔ mitɔp uda(t) wan tɔk to yu na big big prɔblɛm, bikɔs ɔlman bizi ɔp ɛn dɔŋ, de ɛn nɛt.

Bifo wi muf na os, a kin dɔn tek wan in di Bebina in ol pikchɔ na an fɔ de disple am, so dat ifɛnibɔdi we wi mitɔp na di krawd sabi am, ɔ ayda bin dɔn si am go ebul mɛmba ɛn gi wi kɔrɛkt infɔmeshɔn bɔt am.Sɔm kin rili wach di fɔto, shek dɛn ed, ɛn pas go dɛn we.Sɔm kin jɛs laf bikɔs dɛn de fil se a nɔ de yuz mi sɛns kɔrɛkt. Plɛnti mɔ nɔ de ivin sho ɛni intrɛst,ɔ pe atɛnshɔn sɛf. Sɔntɛn na wan awt ɔv ɛvri ɔndrɛd, kin gɛt di chans ɛn kɔrej kam kloz fɔwach di fɔto. Na afta di fɔs fo des a bin ivin gɛt tu big uman we rili tek dɛn tɛm wach di pikchɔ ɛn tɔk to mi. Di wan bin gɛ fɔ se,

"E, e, na fayn titi dis ya so mayny!"

Di ɔda wan, da sem de, bin gɛt fɔ jɛs se,

"I, aw i fiba mi granpikin so?" nain insɛf pas go in we.

Di sem tin kɔntinyu ɛnisay wi go. A nɔ mɛmba se ɛnibɔdi tek wi dat siryɔs. In fakt, wan man we wi mitɔp di nɛkst de ivin atɛmpt fɔ tɛlɔf wi se wi nɔ siryɔs. I tɛl mi na mi fes se,

"A dɔn si plɛnti plɛnti pikin lɛkɛ dis ɔlmost ɛvri de we rɔnawe frɔm dɛn om dɛn, sɔm frɔm ɔplayn we kam tap na trit. Wetin mek a fɔ west mi preshɔs tɛm pan dɛm?"

Di man go bifo fɔ rimak se,

'' Unu jɛs de west fɔ natin pawda pan kondo. I nɔ mek sɛns.''

"No sa; nɔto dat sa, wi jɛs de…'' Di pa lɛf mi ɛn Sidi de tray fɔ mek ɔp wetin fɔ tɔk nain i go in we.

"Dis nɔ kɔnsan ɔl trit pikin sa,na bɔt dis wangren titi na dis pikchɔ. So wi de tray wi lɛvul bɛst " Sidi kɔntinyu fɔ agyu ɛn grɔmbul to insɛf.

"Bo-o, a se unu de west tɛm fɔ natin…yusɛf,ustɛm yu si dis kayn tin?'' Di man kɔntinyu fɔ agyu ɛn gi wi bak tɔk, as i de go ɛn ala te te i lɔs pan wi na di krawd. Wi nɔ ebul siam egen.

Na so so dɛn kayn bak tɔk wi bin de gɛt da patikyula de te di ivin tɛm, we mek a bin wan diskɔrej ɛn luzɔp. Let da ivin,a jɛs fil fɔ pul an ɛn givɔp; bɔt mi ɔda at se: "Ɔltin na layf na peshɛnt." Da momɛnt, a si se Sidi pik mi ɔp ɛn no se ,fɔ tru, mi zil bin dɔn brok. So i kam nia de tray fɔ ɛnkɔrej mi,

"Julisa,a no se na di angri ɛn?" I ask," Yu nɔ gɛt fɔ luzɔp pan mɔtalman biznɛs kwik kwik wan so. No se tumara na ɔda de;di las(t) de fɔ dis eriya.A jɛs wan lɛ wi pɛshɛnt te tumara. Ɔf kɔz, tide dɔn dɔn, naw na fayv minit to sɛvɛn, ɛn di plɛs dɔn de dak. I bɛtɛ mek wi de ib ed fɔ go na os naw.'' I tray fɔ bayo bayo mi. So misɛf nɔ pwɛl in wɔd, ɛn disayd fɔ tawa wan tɛm te te wi go tek taksi we kɛr wi go na os.

Wi rich na os bay shap afpas sɛvin. Wi nɔ bin disayd fɔ tɛl ɛnitin we wi bin dɔn de pas wit to Sidi in mama, anti Stɛla. In fakt, in bin de fil se na ɔda say,lɛk bich, ɔ na to wan Sidi in padi wi bin dɔn de go ɔl dɛn des de. Tru awt di wik, na so wi bin de go na oslet, wi taya taya wan. Wi kin jɛs was, it, wach fim ɔ tɛlivishɔn smɔl dɛn wi go slip, bikɔs ɔlsay kin dɔn wik pan wi.

As yuzhwal, di doklinwe mek sɛvin des, dat na di de we mek wan komplit wik we wi bin dɔn de fɛnɔt Bebina na Wɛstɛn pat wi nɔ lɛf os kwik. Wi lɛf bay dɛn af pas ilevin na mɔnin,afta i kɔmɔt lɛf anti Stɛla fɔ go bay bay na makit. Afta dat, a spɛndbɔt tati-minit wit Sidi na os fɔ riflɛkt di pas siks des we mi ɛn na bin dɔn de fɛn Bebina. Fɔs, wi tray fɔ tek not ɔf ɔl di pat dɛm we wi bin dɔn kɔva ɛn di fyu plɛs we lɛf fɔ go. So as wi lɛf os na di say dɛn we bin dɔn lɛf wi tray fɔ go.

As wi bin dɔn de du, na di sem we wi kɔntinyu. A stil kɛr di pikchɔ ɛn ol am na an fɔ disple to di pipul we wi bin de kam akrɔs. Wi ɛnta na ɔl di bich we wi nɔ bin go yet, di futbɔl fildɛm,sinima,makit,gɛto dɛm, ɛn ɛnd ɔp na nayt klɔb dɛm frɔm fayv o' klɔk di ivinte te et o' klɔk, fɔ mek shɔ se wi ɛgzɔst ɔl say ɛn satisfay wi kɔnshiɛns. Faynali, wi rili fil satisfay,ɛn at di ɛnd wi tɔn bak na os arawnd dɛn tɛn o'klɔk to af pas ilevin.Wi bin gɛt fɔ mit anti Stɛla de wach tɛlivishɔn, so wi gɛt fɔ jɔyn am te wi fil angri egɛn dɛn wi it jɛs afta wi was wisɛf. Da nɛt, wi ɔl yay bin dray kɛŋ; wi nɔn nɔ fil fɔ slip ɔp to dɛn twɛlv mid nayt bifo wi go slip, bikɔs wi bin dɔn disayd se wi fɔ rest di ɔda de bifo wi go go bigin di sach na sɛntral fɔ di nɛkst wan wik.

Ɔltogɛda, a rili aprishiet di Wɛstɛn trip dɛn ɔl we wi tek insay di las wan wik. Wi nɔ sɔksid fɔ si Bebina, bɔt wi stil nɔ lɔs ɔp.Fɔ dat, a kam kɔnklud se Bebina in fɛn wan na Fritɔŋ na lɛk we dɛn se,

''pin drɔp na di Atlantik Oshɔn, ɔ lɛk wan milyɔn mayl jɔni bigin wit wan pɔzitiv stɛp.''A nɔ ɛva despret so yet,di ɔnli tin mi kɔrej ɔndrɛd pasɛnt bin dipɛnd pan Sidi we rili tray fɔ sho lɔv ɛn kɔnsan fɔ wetin a lɛk.Na so a gro fɔaprishietanti Stɛla ɛvri ɔda de bikɔs ɔf in kɔrej ɛn ɔndastandiŋ.

CHAPTA 6
BEBINA IN FƐNƆT WAN NA SƐNTRAL FRITƆŊ

Tu wik pas lɛk briz, stil wi nɔ gɛ(t) ed ɛn tel pan Bebina in biznɛs: wi nɔ ebul si am, ɛn nɔ ebul kɔnfam if i ivin de na Wɛstɛn, Fritɔŋ. So mi at bin jɛs de tɛl mi se: "wi de west pawda pan kondo." Na so mi maynd sɛf bin de tɛl mi. Di ɔnli tin, a nɔ pul am na mɔt tɔk am, a nɔ bin want lɛ Sidi brok zil ɛn pul an.

Di Oli Baybul se, "aw mɔtal man tink na so i de de". So, bay sɔprayz, i bin jɛs tan lɛk Sidi rid mi at ɛn maynd,bikɔs da sem momɛnt, i kam rawnd de tray fɔ koks mi nɔ fɔ giv ɔp Bebina in biznɛs. Dis, in fakt, jɛs pruv to mi se, wetin di Baybul se na tru. No wɔnda di koks we Sidi kam koks mi fɔ gi mi zil ɛn kɔrej mi fɔ kip di go de go.

Wit ɔl dis maynd gem ɛn akshɔn, a kam ryalayz ɛn kɔnklud se, ɛni tin we God in an de pan mɔs kɔmɔt fayn, I nɔ mata di chalenj/prɔblɛm! So, wetin gi mi fresh abop ɛn mɔ spirit egen, na we Sidi-in we a fɔ kokskam bigin bɛl bɛl mi fɔ ɔl tayt. Pantap dat, a kam si se Sidi nɔ jɛs gɛt kɔnsan, bɔt i gɛt kɔrej ɛn gud at.

Fɔ di sɛkɛn sach patrol we fɔ bi na Sɛntral Fritɔŋ, wi disayd fɔ mek smɔl ajɔstmɛnt. Dat na fɔ de kɔmɔt sɔm nɛt dɛm we wi gɛt chans, bikɔs na nɛt nɔmɔ ples lɛk dɛn nayt klɔb ɛn ɔda ayd awt dɛn kin opin. Fɔ da rizin, Sidi bin gɛt fɔ tɔk se,"wetin lɔs pan yu santɛm, sɔntɛmyu kin si am na nɛt," ɛn a si sɛns pan am.

Stil, insay di fɔs tu des, na santɛm nɔmɔ wi plan fɔ de kɔmɔt, ɛn wi bin de kɔmɔt go pan di sem mishɔn. Dɛn tɛm de, na Stedyɔm ɛn ɔda futbɔl fil dɛm, makit, lɔri pak ɛn sinima dɛm wi bin de visit. Ɛn, ɔldo dɛn bin dɔn tray fɔ diskɔrej mi bɔt di pikchɔ we a bin de kɛr na an insay Wɛstɛn, a nɔ luzɔp fɔ waka wit (r) am. Sem we so, as i bin de bi na

Wɛstɛn, wi kin kɔmɔt frɔm dɛn nayn o'klɔk na mɔnin te to dɛn siks, sɛvin o'klɔk ivin tɛm bifo wi de mɛmba fɔ go na os.

ɔl dis we bin de apin; anti Stɛla, as mama ɛn kombra, kin jɛs tray fɔ drɔ wi yes fɔ tek tɛm waka fayn ɛn wɔn mek wi nɔ jɔyn bad kɔmpin.

"Pɔsin we yu nɔ kɛr bad nyus go, nɔ bring am kam, na nos" i kin se. " At list una na big bɔy ɛn gyal naw, bɔt na fɔ no se do dɔti-I nɔ tan lɛk fɔs tɛm. Duya, una avɔyd fɔ de let na trit. Layf nɔ gɛt spiya. Julisa dis na fɔ yu mɔ we na gyal pikin, ɛn strenja-na fɔ yu a de tɔk dis. Pɔsin we yu nɔ no usay yu de go, no usay yu kɔmɔt, duya mi pikin. Sidi sɛf we tan so naw no se I gɛt rɛd layn we i nɔ fɔ krɔs," I rawnd ɔp.

Wit ɔl dɛn advays we anti Stɛla bin de ring na wi yes, wi kin kɔnshyɔs, ɛn mek shɔ se wi nɔ du wetin de mek i vɛks pan wi. Ɔf kɔz, na pɔsin we kin push pikin ɛn drɔ am.

Di nɔmba tri de, nain wi planɛn tek ɛskyuz fɔ kɔmɔt na nɛt; fɔs, fɔ go wan ban(d) sho na wan klɔb we de arawnd Krutɔŋ Rod.Afta di ban(d) sho, nain wi disayd fɔ go tek kazhwal strol arawnd sɔpit eriya, afta wich wi fɔ ritɔn na os so dat wi nɔ go mek anti Stɛla vɛks se wi let na trit.As wi rich na di plɛs, nain wi jɛs se lɛ wi go rich na di slɔm pat.Sɔpit slɔm de dɔŋ vali-Sɔm man kɔl de opin Kev. Na wan pan di slɔm kɔmyuniti na Sɛntral Fritɔŋ we de bay di Atlantik Oshɔn. Dɔŋ de, ɔl di osdɛn na lɛk temporal os we pipul rɛdi fɔ muf, ɔ pul kɔmɔt ɛni momɛnt, ɛnitɛm, ɛniawa.Na say we pipul jɛs go sidɔm; i tan lɛk dɛn rɛdi fɔ skata de ɛnitɛm. Ɔlmost ɔl di osdɛn de nɔ gɛt sayz pas tu apatmɛnt pit latrin. Sɔm bil dɛn yon wit simɛnt, bɔt plɛnti pan dɛn na panpɔdi. Ɛnibɔdi we tɔl pas favy fit go nid fɔ butu bifo I ebul go insay ɛniwan. Sem we so, dɛn bil smɔl smɔl kyɔsk lɛk os dɛm insay de we de lɛk fim ɔl, ɔ ple steshɔn, rɔm ba, geto ɛn gambul grɔn, bikɔs ɔl kayn gyambul de ple de:kad, tu bon (days), draf, lodo, ɛn ɔl na bay mɔni.

Wan ɔda kɔmɔn tin bɔt di kɔmyuniti na dat dɛn kin payl dɔti na ɛni kɔna, frɔnt ɛn bak ɔf di os dɛn we ay lɛk smɔl smɔl mawntin, ɔ (h)il.

Ɔlmost ɔl di tɛm, ivin midul dray sizin, diples kin kol lɛk na difrɛn wɛda de de. Ren sizin in kin pasmak, bikɔs ɔl dɔti we di agbara kin was ɛn swip ɔp di vali na dɔŋ de I kin ɛmti.Plɛnti pan di wan dɛn we tap de na pipul we lɛk dɔn ritaya frɔm wayl layf: notoryɔs tifman ɛn uman dɛm, rare bɔy ɛn gyal dɛm, dɛn wan we bin dɔn invɔlv pan ɔl kayn gyambul, ɛn kriminal layf. No soba pɔsin nɔ ebul sɔvayv de. Mami kɔs na mɔnin kɔfi. Yu we nɔ smok, drink ɛn chak, ɛn rɛdi fɔ chuk pɔsin wit nɛf ,ɔ bɔtul ɛni tɛm unu mek plaba, ɔ gɛt cham mɔt nɔto yu ples. Na lɛk ɛni jɔngul na di siti.

Fɔ sho se na fri-fɔ-ɔl ples, ɔda bɔbɔ ɛn titi dɛn tap de we nɔ gɛt no fambul ɔ pɔsin de. Plɛnti pan dɛn na stowe dɛn stowe frɔm dɛn om dɛn go tap. Dɛn na pat ɔf di Fritɔŋ Sɛntral strit pikin dɛm. Sɔm tu smɔl smɔl, ɛn nɔ ivin de na dɛn kɔdishɔn; so, wɛn a luk ɔp ɛn dɔŋ ɛn rid di sityueshɔn, mi at tɛl mi se Bebina nɔ go de na dɛn kayn say de, bikɔs ɔldo in papa nɔ de alayv a no uda(t) i bi. Sɛf, na titi we lɛk fɔ liv pɔsh layf, ivin we na po om i kɔmot. Bɔt wan tin we a dɔn lan na dis wɔl egen,as tɛm de chenj na so kɔndishɔn nɔ pamanɛnt.Di wɔ na swit-bita ɔlsay.

Bɔt ɛni kayn we, wi tray fɔ tɔk to sɔm bɔbɔ ɛn titi dɛm we tap de - sho dɛm Bebina in fɔto – bɔt nɔn nɔ sho lɛk dɛn bin ɛva sɛt yay pan am bifo. Di ɔnli tin, ɔl di bɔbɔ ɛn titi dɛn bold,dɛn nɔ de fred fɔ tɔk. "Sista, ya na big big ples, ɛnti una sɛf dɔn si naw, sɔm man kin kam nɔmɔ fɔ kam kip taym, ɛn nɔto lɛk vilej we yu go no ɔlman. Infakt sɔm man nɔ gɛt tɛm fɔ kam pas afta dɛn tu tri des," wan pan dɛn se. "Mi sista, brɔda, ya na lɛk ɛni 'jɔngul;…sa a nɔ wan mɛk una west una tɛm , bikɔs fɔ sɔm man we nɛt kam nain dɛn de fɛn am …" ɔda wan ɛksplen to mi ɛn Sidi. Afta dis nain wi disayd fɔ go sidɔm sɔm say fɔ tek smɔl briz ɛnbay dayamint ɛn batri fɔ di tɔch layt we wi bin go wit ; ɛnti na nɛt wi bin plan fɔ kɔmot ɛn wi no se ilɛktrisiti layt kin go ɛni tɛm…so wi go ɔp di stɛp fɔ fɛn wan fulaman shɔp usay wi go sidɔm lili bit "sɔmtɛm dis titi nɔ ivin kam Fritɔŋ mayn!" mi maynd tɛl mi, as wi sidɔm de tɔk to wisɛf na do de.

"Sidi, aw a dɔn go si dɔŋ yanda, ɛn fɔ Bebina we a sabi, pas o Gɔd,bɔt…!" a tɛl Sidi wit sɔm dawt na mi maynd.

"Bɔt aw yu go tɔk so? Ɛniwe, ɛnti wi jɛs de tray chans? Yu nɔ go tray chans wit dawt, ɛni aw i bi…" Sidi riplay.Wantɛm wantɛm, nain mi at pwɛl egen, ɔldo Sidi in bin stil gɛt zil ɛn kɔrej.

"Mi na we nɔmɔ, di strɔgul tu pasmak. Luk di kayn say we wi fɛn wisɛf, so so chak chak ɛn smok, pantap dat gyambul ɛn mami kɔs. Yanda a nɔ fil se polisman gɛ(t) maynd fɔ go de sɛf" a blo mi maynd to Sidi ɛn dis tɛm i notis se fred dɔn de kech mi.

"Mi dia, nɔ du dat mayn!" I se "A no se fufu dɔn de gens fɔl, bɔt i lɛk nɔto tide, ɔ dis nɛt naw, wi go wet smɔl ɛn wach aw dis Satide we de kam go bi – dat na nɛkst tumara. Da tɛm wi go dɔn ɛgzɔst di chans" Sidi stil kari ɔn fɔ gi mi kɔrej.

"Ɔlrayt, ɛnti na yu se? A nɔ gɛt prɔblɛm wit dat" a riplay.

Da momɛnt a bin jɛs tinap de wach in di Sidi. Plɛnti pipul bin tinap arawnd wi, nain Sidi sɔjɛst ɔda tin to mi.

"Julisa, a wan go luk na da patikyula gɛto oba di trit,' i sɔjɛst. Plɛnti yɔŋman ɛn titi, big big man ɛn uman dɛn sɛf bin tinap arawnd di ples. Udat de go insay di gɛto de go, uda(t) de kɔmɔt de kɔmɔt de. Wi lɛf de nain Sidi si wan in neba frɛn(d) we dɛn ɔl bin de go wach gem. As di yɔŋman si Sidi nain i kam ɔg am, de gladi gladi pan am. Di frɛn naw mek wi ɔl go sidɔm na wan kɔna arawnd di gɛto usay in ɛn Sidi bin de diskɔs. I nɔ te, nain Sidi introdyus mi to (r)am.

"Mamadulay, dis na mi kɔzin, Julisa, I kɔmɔt uplayn las wik fɔ spɛn tɛm wit wi"

"Sista kushɛ O!" In Mamadulay grit mi as I de shek mi an"

"O! Brɔda, Kabɔ. Aw yu du? Aw di nɛt ɛn ɔl tin? Misɛf grit am, so in ɛn Sidi kɔntinyu dɛn tɔk. Dat gi wi ɛkstra zil bikɔs wi bin dɔn de tray fɔ go kloz to di ples, bɔt mi bin dɔn de drɛg mi fut,bɔt ɛnti dɛn na bɔy pikin we sabi di siti. Pantap dat, dɛn luk no di kɔna kɔna dɛm gud gud fasin.

Di gɛto tan lɛk dɛn ɔda wan we de dɔŋ di ol, bɔt to mi sɔprayz dis patikyula wan gɛt tu smɔl smɔl apatmɛnt we pipul ivin tap. Dɛn de sɛl ɔlkayn rɔm ɛn sigrɛt, marijuana, ros fish, achɛkɛ ɛn ɔda smɔl smɔl fud aytɛm: ivin fufu, kukri, fray fray, bred ɛn ti bin de sɛl de da nɛt. Na so lawd lawd myuzik bin de ple de – uda de dans de dans, uda tinap-tinap, uda sidɔm – sidɔm. Difrɛn kayn myuzik nain bin de ple ɛn nobɔdi nɔ ebul lisin in kɔmpin in yon: Bɔb Mali, Josɛf (H)ils, Lɔki Dyubi ɛn sɔm Salon yon dɛm ɔl bin de ple.

I bin tan lɛk fresh ɔpɔtyuniti, bikɔs da tɛm na Sidi bin gɛt Bebina in Pikchɔ de sho-sho am to in kɔmpin dɛm, as in ɛn in frɛn Mamadulay kɔntinyu fɔ tɔk ɛn krak jok. Ɔlman bin de kam wach ɛn pul yay kɔmɔt. Afta sɔm minit nain wi notis se wan ɔf di gay dɛm we bin gɛt drɛd –lɔks, we dɛn kɔl dada, gro speshal intrɛst fɔ wach di fɔto we Sidi bin de disple. Bɔt sɛf, na kɔna yay in bin de tek wach di fɔto frɔm distans. Ivin we Sidi bin de tray fɔ sho ɔda bobɔ ɛn titi dɛn, na so dis dada gay bin de gi kɔna yay to di fɔto. I nɔ te nain i smayl, bɔt I nɔ bin want lɛ ɛnibɔdi tek notis. In fakt, i mekes tray fɔ lɛf di ples. Ɛnibɔdi we smat go no se sɔmtin de go ɔn, ɔ sɔmtin de ple. So a grap sidɔm usay mi bin sidɔm ɛn mek lɛk a nɔ ivin kɔnsan. Dɛn a bigin ches di gay smɔl smɔl. Ɛni tɛm we i wan tɔn fɔ mitɔp mi yay, misɛf de gi am mi bak.

"Yu no di pɔsin na da fɔto nɔto so?" A aks di gay as mi ɛn in yay mitɔp di ɔda momɛnt."Uda(t)?" Di gay aks mi bak, instɛd ɔf I ansa yɛs ɔ no. I nɔ ivin tinap.

"Bo, di ledi na da pikchɔ we di yɔŋman de sho", a kɔntinyu fɔ nak in bɛlɛ. "Na in nem Bebina. Yu no am? Duya usay I de?" A fasin am mɔ ɛn mɔ. "A go lay fɔ yu sista?" I riplay bak wit kwɛstyɔn.

"A nɔ ivin no uda(t) yu kɔl so," i kɔntinyu fɔ twis di tɔk. "Bo yu no am – duya, na sɔmtin a gɛt fɔ (r)am we na mɔni, ɛn a plan fɔ travul". Misɛf lay so dat if I gɛt aydia in at go grap fɔ tɛl mi di tru.

Dis tɛm di bra luk stif ɛn jɛs kɔntinyu fɔ wach mi rayt insay mi yay. Stret awe nain a tray fɔ shumɔ to Sidi ɛn in frɛn, de tray fɔ drɔ dɛn atenshɔn. I nɔ te nain a krɔs kwik kam jɔyn Sidi dɛm bak – stil di gay tinap de luk to wi-bɛtɛ bɛtɛ wan.

Di drɛd – lɔks gay na slim ɛn lanki,blak yɔŋman we gɛt bɔl yay ɛn blak gɔm wit layt kobo fut. I gɛt big big folen ɛn nɛf (chuk) mak nain jabon ɛn fɔ-ɛd, apat frɔm di skɔpyɔn tatu we de pan ɔl tu in an. I bin wɛr wan shɔt jinks trɔsis ɛn kɔmbat vɛst. In yay bin rɛd lɛk faya kol; dɔl lɛk we pɔsin jɛs grap pan slip, wit tik blak lip. I bin gɛt wan Bɔb Mali kɔlchɔ bid na in nɛk. We yu si am, lɛk na pɔsin we dɔn fifti bifo i twɛnti. I de waka lɛk pɔsin we nɔ it fɔ tu, tri des, ɛn na gbɛnkilɛki. In mɔt gɛt lasi, ɛn in fes de tɛl yu se na pɔsin we de chak twɛnti-fɔ awa. in fes sɛf-sɛf rampul lɛk mɔnin blankit.

As a muf to Sidi dɛn say, a si dis gay de laf ɛn pɔynt to mi, bɔt i nɔ no se a de wach am kɔna yay we I de shumɔ pan mi as i de tɔk to wan in kɔmpin. I nɔ te nain a krɔs go bak usay dis gay bin stil tinap, na da tɛm i gɛt maynd fɔ tɛl mi di tru.

"Da titi na da pikchɔ we da yu brɔda de sho yanda nɔ wan si ɛnibɔdi. Sɛf, i sik fɔ wan mɔnth naw bɔt i nɔ wan si ɛnibɔdi naw naw". Faynali di bra brok di nyus at lɔng last.

"Misɛ-sɛf nɔ go wan ambɔgin am, na we nɔmɔ… na mɔni a gɛt fɔ (r)am. Mi ɛn an gɛt biznɛs we na mɔni a fɔ pe am," a kɔntinyu fɔ tɔk lɛk a nɔ dat bisin, ɛn ivin no am sɛf. So di bra bigin shek in ed smɔl smɔl… as i de mek lɛk i wan tɔk mɔ.

"ɔlrayt, na we yu se yu gɛt fɔ pe am, ɛn na mɔni biznɛs. yu go wet mek a go mek lɛk a de kɔl am. unu jɛs wet yaso," I se.

"Sista wetin na yu nem?" bifo a de mara nain di bra tɔn aks fɔ mi nem.

"A nem Silina," misɛf gi am fɔls nem. "Jɛs tɛl am se na wan gyal we gɛt fɔ pe am" a kɔntinyu.

"o-ke, wet fɔ mi ya mɛk a go chɛk if i de dɛn a go kam kɔl yu fɔ go si am jijisno", I se.

Raydawe, nain di gay tɔn in bak ɛn bigin fɔ muf. I bɛn wan, tu kɔna ,nain I bigin waka fast fast lɛk we pipul de ple ayd-ɛn-sik, boil, biol Sidi ɛn in padi Mamadulay sɛf bin dɔn tek wi stɔk, so dɛn bigin ches di yɔŋman as i de bɛn go na di bak yad. Dɛn wi yɛri i de nak domɔt: kɔn,kɔn,kɔn! I tinap wet smɔl bit, kɔn kɔn! I tinap, kɔn…. dɛn i gej bak.

Na bin wan broko blu panbɔdi domɔt we i bin de nak. To tɛm i de mɛmba fɔ nak di nɛkst tɛm nain Sidi ɛn in padi bɔs biɛn am, koju-man-koju! No we nɔ bin de egen; bifo jako de kɔt yay nain dɛn si di domɔt de opin. Misɛf na opin ɛn brakɛt a apiana di sin wit. Uda(t) wi si? Na Bebina pul fes; no we to we, nain wit u fes brakɛt.

wetin apin? Bebina ɛn wi ɔl: mi, sidi ɛn in frɛn Mamadulay wit di savisman we lid wi to di domɔt stif fɔ di nɛkst tu, tri minit- nobɔdi nɔ ebul tɔk-wi jɛs de wach wisɛf. ɛn sɛf, nobɔdi nɔ nid fɔ tɛl pɔsin, Bebina luk kɔmɔt pan in kɔndishɔn kɔmplit kɔmplit wan.

Pas uda(t) bin dɔn no am lɛkɛ mi, bingo tɛl yu se na di Bebina da wan de. I dray,skit tɛl lay ɛn na so i pel lɛk bɔn pamayn. Di sik bin dɔn kwis ɛn mɔntɔ mɔntɔ (r) am to nɔnsɛn. In yay bin dɔn fiba day pɔlɔk, in (h)ia cham cham ,wit in jabon ɛn kɔlabon tinap lɛk lɛta ay (i).

"kushɛ-o, Bebina!" a grit am.

"E-e na wudat? kushɛ o!" insɛf grit bak, bɔt I nɔ ebul pik mi ɔp at ɔl, at ɔl!

"Na mi, Julisa from zogoda," a introdyus misɛf.

"A! wetin yu kam fɛn ya? I aks, in vɔys ɔl de trimbul wit shɔk ɛn shem.

"Mi sista na ya a bin dɔn kam, bɔt na sik a bin dɔn sik, na di tu ful mɔnt dis naw" I ɛksplen, wit in vɔys chenj kɔmplit. Pas lɛkɛ mi rili ebul pik am ɔp. A nɔ ebul biliv mi yay atɔl atɔl.

CHAPTA 7
PADI TƆN SAWA

A tray fɔ ol mi at, bɔt a nɔ ebul bia pas we a rɔsh go ɔg am dɛn witu bɔs kray. I bin tan lɛk fim. Ɔlman bin jɛs tinap de wach wi. Mi bɔdi kol wit sɔprayz, we mɛk a stif fɔ tu minit we wan wɔd nɔ kɔmɔt na mi mɔt. leta, nain a introdyus am to sidi we bin dɔn fɔgɛt am smɔl bikɔs ɔf in kɔndishɔn.

"Na Bebina dis, Sidi" a tɛl Sidi.

"Bebina, na Sidi dis," a tɔn to insɛf ɔldo I de tray fɔ dawt.

"Na Sidi we bin de go ɔlide to wi na Zogoda, we wi ɔl bin de kɔmɔt.

"o-o yɛs! a mɛmba naw. A beg padin mi brɔda, Sidi, na di nɛt ɛn sik," in Bebina rɛspɔnd ɛn apɔlɔjays we i bin dɔn kleya in dawt bɔt Sidi.

"Duya fɔgiv mi. A dɔn mɛmba gud gud wan naw. Nɔto wi ɔl bin de go rayd baysikul ɛn go wach fim na Zogoda? I bigin rikɔl as I kari ɔn fɔ ask.

"Yɛs, bo, a no se na di nɛt "Sidi sɛf tray fɔ sho ɔndastandiŋ.

"Mi man, Mamadulay, dis na wan wi sista ɛn gud frɛn Bebina.'' Sidi sɛf introdyus am to Mamadulay, in neba padi. "Na dis uman wi bin dɔn de tray fɔ luk fɔ na dis siti frɔm we Julisa kam tɔŋ Wi tɛl Gɔd tɛnki wi no mɛk efɔt fɔ natin" I ad.

Di tɛm bin dɔn go af pas twɛlv na mɔniŋ, frɔm we wi kɔmɔt na os bay dɛn nayn-tati, ɛn frɔm we wi bin go dɔŋ sɔpit eriya arawnd dɛn nayn to nayn-tati da nɛt. A jɛs nɔ biliv mi yay se wi bin fɔ si Bebina.

From we wi sɛt yay pan Bebina, I bin jɛs butu in ed na grɔn, I nɔ gɛt di maynd ɛn kɔrej fɔ wach wi fes. ɔl wetin a plan fɔ aks am sɛf jɛs lɔs na mi maynd. Mi mɔt jɛs ful lɛk we pɔsin put kanya na mɔt.

Da moment ɔl di tɔk bin dɔn lɛf bitwin Sidi ɛn di gay we lid wi na di os.

"Bra wetin yu nem?" Sidi aks am.

"Mi na Payɔs Kiŋ, e-lias g-klɛf" di drɛd lɔks bra riplay, "bɔt na os den kin kɔl mi Pi-Bɔy," I se.

"Mi man, a beg ,go lɛf wi fɔ go bay kol wata," Sidi aks di yɔŋman fevɔ.

As a yɛri dat, a notis se Sidi wan gi mi ɛn Bebina chans fɔ tɔk wan to wan. Stil, fɔ di nɛkst tu to tri minit no wɔd no ebul kɔmɔt na mi mɔt pas we a fos fɔ aks am sɔm kwɛstyɔn dɛm.

"wetin rili push yu na do frɔm yu yon let dadi in os na Zogoda, we mek yu nɔ ivin se gudbay to mi? a aks.

"Misɛf no rili no mi sista, na setan nɔmɔ bɔt…." I rɛspɔnd wit in vɔys ɔl chenj. Bifo a mɛmba, I bɔs kray bita bita wan.

"ɔ-ke, bo, bɔt di tɛm dɔn pas ɔlrɛdi. Dis sɛf na Gɔd nɔmɔ se wi fɔ si. Nobɔdi in at nɔ de pan am. Bɔt ɛnti wi dɔn sabi ya naw? Wi go kam fɛn yu bak tumara. Ol yu at; lɛf fɔ kray mi sista no se yu nɔ wɛl. A kin ɔndastand. Nɔmɔ, we tin dɔn bi I dɔn bi.Na preya nɔmɔ naw. So wi go si na mɔniŋ…"a tray fɔ kɔrej am as a de tray fɔ se gudbay. So a tɔn mi bak fɔ go mit Sidi dɛm na trit.

Bebina nɔ ebul lɔk di domɔt te a lɔs na in sayt, bikɔs as a de go na so a bin de tɔn biɛn de wach.

"E Gɔd! Bebina, wetin lid dis po gyal pan dis kayn disishɔn?"Mi at ɛn maynd bigin de jɔj mi as a de tɔk to misɛf te a go mit Sidi dɛn tinap na trit de wet fɔ mi.

"I, una nɔ bay di wata egen?" a aks we a mit Sidi, ɛn in padi Mamadulay wit P – Bɔy tinap na trit.

"Nɔ-o, wi nɔ gɛt wata sɛf! A jɛs se fɔ tinap wet fɔ yu ya naw, bikɔs a si se yu wan tɔk wit yu padi ɛn I bin luk de shem pan wi" sidi riplay.

"Mi man, P- Bɔy , yu go ol dis "fayv pepa" wi go kam fɛn yu bak" Sidi tret an gi P-Bɔy fayv tawzin lions pepa. Afta dat, wi ɔl tri ɛn Mamadulay lɛf fɔ go fɛn taksi go na os.

Wi gɛt taksi da sem moment we wi go tinap na forod. Mi, Sidi ɛn in fren lɛf de diskɔs Bebina, ɛn aw sɔpit kɔmyuniti tan te di taksi go pin wi doŋ na jɔnkshɔn. Na di jɔnkshɔn de wi ɛn Mamadulay dɛn sɛpret, ɔlman fɛn in os rod.

Enti wi bin se gudbay to anti stɛla we wi bin de go. Wi mit i bin jɛs de tray fɔ lɔk lɔk afta i bin dɔn dɔn wach wan lɔng sizin fim. So as wi nak wan tɛm nain i opin dɛn wi go insay. Di yagba ɛn taya bɔdi jɛs fos ɔlman fɔ go insay in yon rum fɔ go slip afta wi dɔn grit anti Stɛla ɛn se gud nayt.

Da nɛt we wi sɛt yay pan Bebina a slip lɛk dɔl bebi. A ivin drim lɛk wi tu ɛn in bin de zogoda pan wi yuzhwal pas pas dɛm; I kam plant mi hiya, ɛn a go lɛf am na rod leta. Wi lɛf de waka nain a wek. I nɔ te nain a yɛri sidi de ple redio na in rum-de lisin to BBCnyus.Wɛn a go wach taym na pala na bin siks-tati ɛgzaktli.

Di doklin, nain wi drink ti as yuzhwal, afta di mɔnin preya ɛn af af os wok dɛn. Wi bin sidɔm na pala de wach fim nain wi yɛri wan man-ɔf-Gɔd de prich bɔt"Yu batul ɛn yu bakgrawn.''

ɛnti a bin dɔn de tɛl sidi bɔt Bebina in bakgrawn, wi bin jɛs sidɔm de luk di fim ɛn wach wisɛf as di man de prich.Afta ten o'klɔk da mɔnin, nain wi disayd fɔ go fɛn Bebina as wi bin prɔmis di nɛt bifo.Wi rich na diples arawnd dɛn ilɛvin o'klɔk to af pas ilɛvin da mɔnin de ɛn mit I jɛs de was fes.Dis tɛm no we nɔ de fɔ balans wi; koju man koju ,wi gɛ fɔ si wisɛf brɔd de layt. I bin wɛr wan blawz ɛn skat we luk big fɔ am, bɔt yu go no se na we in bɔdi dɔn bad bad wan.

We i dɔn dɔn was in fes nain i introdyus wi to wan uman ɛn in man we na to dɛn itap. Di uman nem Silina, ɛn in man nem mista Jozi kiŋ-kol. Di man bin mek dada na ed, ɛn de sɛl sigrɛt ɛn rɔm insay wan smɔl kyɔs na di gɛto we dɛn tap.

ɔltogɛda di kɔpul dɛn bin gɛt bɔt ten bɔbɔ ɛn titi dɛn we tap to dɛn inkludin Bebina ɛn dɛn yon tu gren bɔy pikin dɛn we de bitwin fayv to sɛvin yia.We do klin , apat frɔm dɛn tu baba dɛm, ɔlman de tot makit go sɛl na tɔŋ. As fɔ Bebina, in na soda sop I de sɛl.Dɛn kin de awt te dɛn let ivin nain dɛn se dɛn kin tɔn bak na os. Infakt, as a ɔndastand, na di sik mek wi ebul mit am na os da de we wi go fɛn am fɔ di sɛkɛn tɛm.

Wi ɔl tɔk fɔ sɔm tɛm; lɛta, nain mi ɛn in di Bebina push na kɔna fɔ go tɔk at to at. Fɔs, I bigin fɔ beg padin fɔ- as i se-di wɔri ɛn tɔmɛnt we I bin dɔn put ɔlman pan na Zogoda.

''Mi sista duya a de beg akɛ we a nɔ bin ebul se gudbay to yu wɛn a de Zogoda trade. Yusɛf no, na sɔmtin kin mek mɔnki it pɛpɛ,'' i se.

''Nɔ-o! Mi nɔto fɔ mi o, ɔldo a fil am bɔt na yu mama insay mɔ. In bin kam wɔri ɛn tɔmɛnt pas ɔlman, te te I ivin kɛr mi go polis, bikɔs I bin de fil se miɛn yu tay bagin. Infakt na mi ɛn mi mama bin go de,''a ɛksplen.

''ɛn na tin we pis mi mama ɔf ba-ad,''a kɔntinyu.

''Mi sista a no wetin dat min.Mi jɛs de beg una. Yu no se na in, mi yon mama, kɔz ɔl da ɛmbarasmɛnt. Bɔt a lɛf mi yon to Gɔd; if na so fɔ bɔn pikin ɛn trowe am na trit….'' i kari ɔn fɔ beg.

"ɛn da tin bin rili pis mi mama ɔf bad bad wan," a kɔntinyu.

"Bɔt ɛniwe, wi bin dɔn le-am to rɛst smɔl, bikɔs di polisman dɛn bin jɛs invayt mi fɔ go mek stetmɛnt, ɛn se fɔ alat dɛm in kes a si yu, ɔ yu tɔk to mi dyɔrin da tɛm we ɔlman bin de fil se yu lɔs,'' a ad.

"stil na beg a de beg, a bin no se sɔmtin lɛk dat go bi; fɔ se, dɛn mɔs tray fɔ kɔntakt yu fɔ mi, bikɔs ɔlman no aw wi tu grap, ɛn bin de," Bebina respɔnd wit sɔm kayn rigrɛt.

"Julisa duya ol at. Duya mɛmba aw wi bin de," i ripit.

"Bo-o, ɔl dat nɔto in na di tin, na di kɔndishɔn naw we a mit yu. In fakt, a nɔ ɛva mɛmbase a go kam na Fritɔŋ, yusɛf no, bɔt ɛnitin we Gɔd se de bi, mɔs bi.Na sidi ɛn in mama; sidi mɔ,ɛnti yu no naw aw in mama ɛn mi yon mama bin de na zogoda? ɛn yu no se i bin dɔn de go spɛnd ɔlide to wi? "a aks Bebina, as a se tray fɔ ɛksplen gi am aw a ebul kam na Fritɔŋ.

"Na wan de insay da sem kɔnfyushɔn bitwin wi ɛn yu mama, wit di polis- ɔldo yu mama leta beg se i nɔ bin plan,ɔ min dat- we Sidi ɛn in mɔmi rayt invayt mi fɔ kam spɛnd sɔm tɛm wit dɛm. Na so a tek kam sabi dis Fritɔŋ ya so!" a tap fɔ ɛksplen, ful, aw a travul go na di siti.

"Mi sista, Sidi nɔto padi sɛf, na tru brɔda we de fil fɔ pɔsin. Sɛkɛn, i no sababu, ɛn Gɔd go riwɔd am togɛda wit in mama,"a kɔntinyu fɔ prez Gɔd, sidi ɛn in mama.

"E! Mi sista…!'' Bebina se ,''Gɔd go ɛp yu. A nɔ no aw a gladi fɔ yu. Di ɔnli tin mɛk a nɔ lay to yu, a nɔ go ebul go tap to mi mama egen. Da kɔndishɔn de-as yusɛf no-go mek pɔsin gɛt shɔt layf. A lɛk fri po pas tayt jɛntri" i blo maynd. "Bo-o,a se,Bebina, yu sɛf no se we tin dɔn pwɛl i dɔn pwɛl. Na arenjmɛnt nɔmɔ naw, bɔt dat nɔ go mɛk yu nɔ tɔn bak na yu yon om. Yusɛf….! Luk we yu dɔn kam sik naw. Nɔto yu kɔndishɔn dis.

A beg tink tways. we gɔn dɔn faya I dɔn faya; na jɛs lɛk we pamayn trowe, we nɔ de fɔ gɛda (r) am. Dis na bad bad tɛmteshɔn nɔmɔ, bɔt tru se tɔk mi, dis layf nɔ fit yu, ɛn I nɔ fayn fɔ yu" misɛf pin mi fut dɔŋ tɛl am di ad fakt.

Wi lɛf de tɔk nain sidi muf kam mit wi di say we witu sidɔm. Insɛf bin dɔn kam mɛmba Bebina gud gud wan naw, ɔldo in bɔdi pul dɔŋ. I jɛs kam tek ɛskyuz se I wan go tretful layt na trit-dɛn i lɛf mi ɛn Bebina bak.

"A de kam bak jisnɔ, a nɔ de go fa," in Sidi se.

As Sidi wan lɛf wi nain a si Bebina dak in fes, lɛk a du am bad tin, bio bio na di tru we a tɛl am mek i twis fes lɛk we pɔsin drink kwini mɛrɛsin, ɛn bigin tɔk pantap in vɔys.

"Bɔt Julisa, yu fɔ no…. na we na yu sɛf. Di kɔndishɔn na wi os na Zogoda we yusɛf no gud gud wan nain mek a gi dɛm smɔl distans. Aftawɔz pipul we no Gɔd bin dɔn de kia fɔ mi yaso, a nɔ dinay…, na di sik nɔmɔ, bɔt ɔltin na Gɔd," i kɔntinyu fɔ tɔk in fes ɔl chenj lɛk pɔsin we drink bitas, ɔ dɛn du bad bad tin.

Stret nain mi ɛn sidi yay mitɔp, bifo i de go usay i wan go stret fut, fɔ stil gi mi ɛn Bebina spes ɛn tɛm fɔ kɔntinyu wi tɔk. We i at am, in Sidi sɛf tray fɔ intafiya,

"Bɔt Julisa, yu padi nɔ luk de sɔri fɔ insɛf. I nɔ ivin kam to in sɛns yet. A bin de fil se…"Sidi sɛf lash bak de adrɛs Bebina,as i de tɔk to mi.

"lɛk yu de na mi at, Sidi," a kech di wɔd na Sidi in mɔt misɛf, "Bebina ɔl dis we wi de tɔk na fɔ yu yon gud- no se yu na gyal pikin. Wet man se: "no ples layk om," a tek di tɔk ɛn sɔpɔt wetin Sidi se.

Na da momɛnt a si in Bebina bigin de chenj smɔl smɔl ɛn bigin fɔ rizin wit wi, ɛn go insay in shɛl lilibit.

"Nɔ, a nɔ se na bad una de tɔk, astafulay! Bɔt yusɛf nɔ; aw a go ebul go na da os de egen? Nɔto fɔ mi mama in wangren naw, bɔt da in nyu man- mi stɛp dadi" Bebina kɛri ɔn fɔ difɛnd, dis tɛm wit lo vɔys.

"Bo-o! Bebina, da man na stɛp dadi, ɛn nɔto in gɛt os. A nɔ si sɛn tumɔs pan dis- na we nɔmɔ" misɛf kɔntinyu fɔ prɛs.

"ɔ-ke! Julisa, Sidi, a beg. A rili aprishiet una ɛfɔt. Gɔd go blɛs una. Di ɔnli tin naw, a de tink fɔ fɛn sɛns, bɔt a wan lɛ yusɛf, ɔ una ɔltu ɛp mi wit wan tin," i ib di wɔd.

"Bo, Bebina, na ya wi de- mi ɛn mi mama, ɛn wi gɛt os nayaso – Gɔdrich de. If na fɔ di men tɛm, we yu wɛl smɔl a go kam go sho yu di os, so dat yu go de go fɛn wi de. Dɛn, as taym de go, wi go fɛn tɛm tɔk bɔt yu biznɛs. Mi mama, anti Stɛla sɛf sabi yu ɔldo i nɔ no se yu de na tɔŋ ya,"Sidi rɔb mɔt pan di tɔk.

"ɔ-ke sidi, a dɔn yɛri, bɔt nɔto naw. Wɛn a wɛl a go lɛk fɔ go si una os. Bɔt naw naw naw a jɛs wan lɛ una kɔba mi shem te te a wɛl- dat na fɔ kip sikrit bɔt usay a de naw, we na misɛ-sɛf kam wit misɛf de. Egen, di kɔndishɔn we a de naw,"Bebina kɔntinyu fɔ ɛksplen.

Na da agyumɛnt wi de pan te di tɛm go to af pas tu da santɛm. Bɔt a vɛri wɛl no se di kayn fevɔ we in Bebina bin de aks fɔ at fɔ kɔnsida- dat na fɔ kɔba (r)am. Bɔt we a nɔ want mek i fil bad mɔ ɛn mɔ, a go ɔg am tu-tu tɛm ɛn tɛl am se, "a prɔmis!"

Afta dat, nain wi luk fɔ smɔl tin- mi ɛn sidi- we na mɔni, bɔt fifti tawzan lions ɛn gi am fɔ ɛp am bay mɛrɛsin. Di nɛkst tin, wi se gudbay to (r)am ɛn ɔlman na di ples dɛn mi ɛn sidi tɔn bak na os wit ɔda prɔmis fɔ go si am di ɔda de.

Wi rich na os bay dɛn af past fo to fayv o'klɔk ivin tɛm. Anti stɛla bin dɔn jɛs kɔmɔt was, de wɛr klos na in rum. Wi grit; it, was ɛn bin gɛt smɔl taym fɔ sidɔm bifo nɛt kam. Dyɔrin da tɛm, as mi ɛn sidi bin dɔn plan na rod, nain wi narɛt ɔl di stori bɔt Bebina to anti stɛla; aw in mama bin tray fɔ drɔ mi insay di kes bak na Zogoda, thru di polis, aw thru Gɔd in grɛs ɛn blesiŋ a bin gɛt sidi in lɛta we invayt mi fɔ kam na fritɔŋ fɔ mi fɔs tɛm, di ɛfɔt we mi ɛn Sidi bin dɔn de mek ɔnda kɔva fɔ fɛn in di Bebina from we a go Fritɔŋ, ɛn aw mirekul ple, egen, thru Gɔd in grɛs fɔ mek wi si in Bebina arawnd Sɔpit, ɛn di patikyula ples we wi si am. Dɛn, aw wi bin dɔn pas ɔl di tu tri des na Sɛntral fɔ tres ɛn si am; ɛngej am, aw i aks se wi fɔ kɔba in sikrit fɔs tete I gɛt wɛl bɔdi, bikɔs i rili sik, ɛn di ad taym dɛn ɔl we i dɔn gi wi kɔnsanin insɛ-sɛf yon sɛfti. Faynali, aw Sidi ivin bin dɔn prɔmis fɔ invayt am na os, as in anti Stɛla sɛf go mɛmba ram fɔ mi Julisa, bak na Zogoda.

Wit ɔl di konani to anti Stɛla, insɛf jɛs fil sɔri fɔ Bebina ivin we i nɔ dɔn si am yet. Infakt aw anti Stɛla risiv di tɔk jɛs pruv se in na kombra we de fil fɔ ɔl pikin. Pantap dat, insɛf gi wɔd se Bebina fɔ kam waka to dɛm na os insay Fritɔŋ ɛnitɛm.

Di ɛkspiriɛn ɛn ɔl we pas na Fritɔŋ wit mi mek a lɛk di famili we a go visit mɔ ɛn mɔ; sem we so, a gro fɔ lɛk di siti ɛkstra. Di jɔy we a fil na nɛt lɛf pan mi te slip tif mi go.

Afta tu des, nain mi ɛn Sidi go waka to Bebina bak, da tɛm wi de fil se i go dɔn mekɔp in maynd da mɔnin fɔ fala wi go-sik no sik. Bɔt na di ɔpozit tɔn awt fɔ bi.

Na wi wek dɛm da mɔnin, bɔt di fes we i gi wi nɔto tin we ɛnibɔdi bin go pliz wit, we yu kɔnsida aw wi bin dɔn mek wi yon lili ɛfɔt fɔ fɛnɔt bɔt in Bebina. Fɔs, wi nak do pas tati minit bifo I opin am. Sɔm man kin se sɔmtɛm dɛn du am fɔ mek I tɔn kik in blesin. Fɔs, we wi rich na di os fɔ tɛl am aw wi bin don arenj wit anti stɛla bɔt in biznɛs na di kayn fes i nɔ gi wi sɛf; bifo dat, I trit wi lɛk blak plastic. I nɔ ivin mek lɛk i sabi wi. Sɛf, na wan neba ɛp fɔ pul am na do fɔ wi. we I kɔmɔt na do na so in fes ɔl twis ɛn tay lɛk wi du am bad bad tin. Bɔt we na mi padi, ɛn a fil sɔri fɔ (r)am, a tray fɔ bia ɔltin, ɛn na so na so Sidi sɛf gɛt klin at ɛn peshɛnt.

Wɛn faynali Bebina kam na do, i nɔ bin ivin gɛt di gɔt fɔ tɛl wi awdu, pas we I kam chuk wan lɛta we i bin dɔn rayt na mi an.

"Ya, dis na fɔ yu Julisa," i se. So wisɛf, dɔg drim lɛf na in bɛlɛ. Wi nɔ ebul tɛl am ɛnitin bɔt di gud gud arenjmɛnt we wi bin dɔn mek wit anti Stɛla fɔ (r)am. Di nɛkst tin na fɔ opin in lɛta rid.

Mi dia Julisa,

A sɔri fɔ du dis kayn tin to yu. Usay a fil am mɔ na we a nɔ ebul, ɔ gɛt di maynd fɔ tɔk wit yu egen bikɔs a nɔ ebul wach yu na fes. Na shem a rili shem. A no se yu wan tek mi go, bɔt a nɔ rɛdi naw

naw. A go rili wan go na zagoda bɔt a nid fɔ pripia misɛf fɔs, so a de beg padin.

Duya, a beg, a nɔ want lɛ yu wɔri tumɔs bɔt mi bikɔs a no se God de in kɔntrol. Naw naw naw, a de rɔb an sɔmsay, ɔldo na makit a de sɛl fɔ di pɔsin we de pe mi ɛni mɔnt dɔn.

A no aw yu de fil,frɔm da fɔs nɛt we mi ɛn yu si. Wɛl, I nɔ jɛs izi naw fɔ mɛk a lɛf pipul we bin dɔn pik mi na grɔn da tɛm we a de in dɛspret nid, tɛm we mi yon blɔd dɛm bin dɔn push mi na do. At list pɔsin nɔ fɔ fɔgɛt ol bɛlful,ɔ bɛt di finga we de fid yu. At list a dɔn si tide a nɔ si tumara. No se nɔmɔ,so lɔng

as wi dɔn si a go kɔntinyu fɔ mɛmba una oba de, patikyula yu. ɛn a go mɛk am pɔynt ɔf dyuti fɔ de rayt. Yu go grit ɔlman fɔ mi. Plɛnti tɛnki to yu ɛn sidi. Lɛ God mɛk wi si bak wit wɛl bɔdi.

Bay bay, Bebina.

As a dɔn fɔ rid di lɛta bifo (r)am, I tɛl mi ɔda tɔk we put mi ɔf, se, "wi go gɛt fɔ muf kɔmɔt yaso, i nɔ tu te egen." Dis mɛk mi bɔdi kol frɛsh, lɛk we dɛn put ays-kol wata pan pɔsin.Wit dis a kam no se I dɔn ɔlrɛdi mɛk ɔp in maynd fɔ ɔda tin na in at.

Di ɔda tin we a du na fɔ gi Sidi di lɛta fɔ lɛ insɛf rid. Bɔt a prɔmis in di Bebina se a go go gi in mama in samba-lɛta. Afta ɔl dat, a nɔ ebul ol mi at; wata bigin gɛda na mi yay as wi de pat.

''Po gyal, i nɔ no wetin i de ple wit sɛf,''mi ɔda at tɛl mi.

A nɔ biliv mi yay fɔ di kayn sɔri ɛkspirɛns we a gɛt wit mi lɔng tɛm padi. Nain dɛn se yukray fɔ pɔsin ol nɛt, dɛn I tɔn aks yu wetin mɛk yu yay rɛd. Bɔt di wan tin we Sidi tich mi na dat gud nɔ ba day, ɛn sɔm gud de na God nɔmɔ de pe pɔsin fɔ (r)am. I ɛp mi fɔ bɔkɔp ɛn mɛk shɔ se natin nɔ shek mi egen.

Aftawɔz, a sɔksid fɔ ple mi yon pat- fɔ du wetin a plan- wit in, Sidi, na mi bak. So if Bebina stil nɔ si rizin fɔ tɔn bak na in yon os, na in biznɛs, "ɔlman kam I kam na dis wɔl," mi at tɛl mi.

Wan gud tin na dat, a ebul fɛnɔt bɔt am, ɛn wi si ɛn tɔk. Fɔ mit sidi sɛf nɔmɔ na mi layf, egen, na big tin to mi, a nɔ go tɔk bɔt anti Stɛla. Egen, a lan se 'wan gud tɔn dizavs anɔda'. Frɔm dis a ɔlso lan se 'mɔtalman, fɔ tru, na wɛda'-i de chenj- no mata wetin…! ɛn dat, 'aw yu mek yu bed na so yu go ledɔm de.'

CHAPTA 8
JULISA GO BAK NA OS

Pɔsin an nɔ de lɛf na in kɔmpin an pan tɛl-awdu. So afta wan ful mɔnt na Fritɔŋ nain a disayd fɔ tɔn bak na Zogoda, da tɛm a bin dɔn sabi plɛnti say lɛk: palimɛnt, Stet os, Siaka Stivin Stedyɔm, Frobe Kɔlɛj, kɔtin tik, lɔ kot, Kiŋ Jimi waf ɛn makit, Sɔpit, Dɔv Kɔt ɛn sɔm bich dɛm insay di siti.

Di tɔŋ in babala sayz, di ovakrawd,ay ay trafik jam, di Atlantik Oshɔn, mawntein dɛn we sɔrawnd di siti mek di capital siti spɛshal. Plɛnti say we nɛt kam lɛk na do kiln. I tan lɛk "layf" nɔ de ɛni ɔda say pas de.

Tu des fɔ mek a go bak na Zogoda, Sidi ɛn in mama, anti Stɛla, tek mi go shɔpin. Fɔs, dɛn bay wan big sut kes fɔ mi ɛn fulɔp am wit difrɛn kayn rɛdi-med piŋ ɛn sɔm jɔnks klos:midi, blawz ɛn skat,shɔt skat, jinpɛks, mini skat, long ɛn shot pia jinks, wit sɔm brezya ɛn wivɔn. Pantap dat, anti Stɛla bay tri pis waks kɔntin, tri bed shit ɛn pila kes dɛm, sɔm pen ɛn ɔda kay mɛrɛsin dɛm, fish, magi, sɔlt ɛn sop fɔ mi mama insay spɛshal katun.

Lɛk a de lɛf tumara, di nɛt bin luk lɔng na mi yay, bikɔs a nɔ ivin fil fɔ slip. A bin jes bɛlful wit jɔy dat a nɔ ivin fil fɔ it ɛnitin. Di ɔnli tin we pwɛl mi at lili bit na we a bin go mit Bebina na di kayn say we a mit am we nɔ fiba Zogoda sɛf. Egen, we in mama, anti Byatris go gɛ(t) fɔ si mi bɔt nɔ si in pikin, apat frɔm ɛmtimɛsej, we nɔ fayn, ɔ nɔ de swit ɛni komra.

Di doklin fɔ mek a travul na bin satide. Govamɛnt bɔs we na dayrɛkt kin lɛf bay dɛn af pas et to nayn o'klɔk. ɛniwe, mi ɛn Sidi go bifo tɛm, ɛn na de a go it wan plet kukri, bikɔs i bin tu a-ali fɔ it na os ɛn a bin angri da mɔnin. As a bin de it, Sidi bin tinap na layn fɔ bay di tikit.

To di tɛm a dɔn fɔ it, sidi bin dɔn bay di tikit, ɛn wi jɛs mitɔp we di bɔs kɔndɔktɔ de chɛk fɔ tikit ɛn lɔgej.

"Wetinyu bin dɔn de du frɔm we yu lɛf skul?" Sidi kɔtawt ask mi, da tɛm we wi tu tinap de tɔk ɛn wet na di lɔri pak.

"A bin dɔn de du wan kɔmpyuta kɔz na wan instityut insayZogoda de, ɛn gɛt fɔ go bak na di instityut, bikɔs wi gɛt wan faynal ɛgzam fɔ tek ." A riplay

"We yusɛf?" Misɛf aks am.

"Wel,mi gɛt fɔ kɔntinyu fɔ luk fɔ jɔb. A nɔ gɛt wok yet frɔm we a dɔn kɔlej. Dis wan mɔnt we yu kam spɛnd wit wi tan lɛk tɛm we a yuz fɔ blo fɔ de rayt ɛn sɛn aplikeshɔn lɛta dɛn na difrɛn difrɛn say," Sidi sɛf riplay.

"So na mi tap yu fɔ de go pan yu wok pas pas?" A tray fɔ jok wit in di Sidi. Damomɛnt, a bin jɛs tinap de luk fa-a we, de fil se a dɔn lɔs sɔmtin na mi layf.

"Wetin dat?" Sidi tɔn wach mi ɛn aks, bikɔs i si se a de tɔk bɔt mi maynd ɔl fokɔs ɔda say. Wɛn i drɔ kloz to mi nain i notis se mi yay rɛd ɛn wata de gɛda na mi yay. Bɔt bifo in at pwɛl ɛn mi preshɔ go ɔp, a jɛs grap ɛn tinap wit mi travul bag na mi ande se,

'' A tink a fɔ tray de go tek ples na di bɔs wantɛm"

Bɔt bifo a go insay di bɔs, a tɔn to (r)am egen fɔ tɛl am aw a aprishiet wetin i du fɔ mi.

"A tɛl yu plɛnti plɛnti tɛnki fɔ ɔl we yu dɔn du fɔ mi; fɔs, fɔ invayt mi na mi drim wɔl; tu, fɔ di gudnɛs frɔm yu ɛn anti Stɛla; dɛn tri, fɔ di stren we yu stren biɛn mi insay dis pas tu wik- mek Gɔd blɛs ɛn ɛp yu! A nɔ bin fɔ ɛva ebul si Bebina if nɔto yu ɛfɔt ɛn peshɛnt." A tɛl am mi maynd ɛn at tɔk.

Dis mek Sidi smayl ɛn bigin de ol ol mi jabon de rɔb am. I nɔ te nain di drayva blo ɔn. kwik nain a go tek mi sit ɛn, egen, tɔn fɔ wach Sidi, bɔt dis tɛm i jɛs lɔs na mi yay. Bifo a mɛmba, as di bɔs tɔn wan smɔl kɔna, nain a si Sidi egen de rayt sɔmtin na wan wayt pepa we i yuz in an bag fɔ prɛs pan. To tɛm di drayva de tɔn di bɔs pin am na di men rod nain Sidi rɔn kam de wev ɛn sho mi di pepa we i rayt. Pan di pepa i rayt se,

"kin klem di bɔs fɔ si yu wan tɛm mɔ?"

"yɛs, yɛs, yɛs!"a ala de ansa lawd lawd wan lɛk we pɔsin de tɔk to dɛf-yɛs man. Dat na we a dɔn rid wetin i rayt na di pepa. Da sem momɛnt, nain a mɛmba usay a kɔmɔt ɛn usay a de go bak.

A jɛs si ɔl neba na di mɔtoka bɔs laf big big wan, we dɛn si wetin Sidi rayt de sho mi. Dat sho se dɛn no ɛn ɔndastand ɔl wetin pas bitwin wi. Da(t) na di sɛkɛn tɛm dan de we mi yay rɛd, bɔt dis tɛm a tray fɔ ɔl mi at te te di bɔs lɛf.

As wi bigin di patrol nain a bigin pre fɔ Sidi, fɔ di ɛp ɛn rol we i ple fɔ mi ɛn mi padi, Bebina, insay Fritɔŋ.

www.ingramcontent.com/pod-product-compliance
Lightning Source LLC
Chambersburg PA
CBHW032309070726
47590CB00015B/1521